李志烺著

英治實況

香港

HELLO
GOODBYE
1997

若無九七

【敬安再會一九九七】

著者簡介

生於末代港督赴任之年，
二〇一〇年與友創立
The Blue Party 文史研究學會，
出版雜誌及舉辦活動，
現為香港教育大學
全球及香港研究社會科學碩士在讀生。

鳴謝

香港前途研究計劃
借予英國解密文件檔案參考

潘東凱先生（炎黃解毒、今昔維城系列作者）
協助出版

東方香島新英城
南河島畔享太平
西習百年小島盛
北風年送何年淨

序

香港、新加坡及澳門三地，同為東西文化交融例子，或因位置相近（指澳門）、或因背景相似（指新加坡），香港常與兩地比較。新加坡獨立之初，其經濟顧問曾有名言：「Let Raffles stand where he stands today（直譯莫倒佛萊士，意譯保留英治時期所有社會典章）。」，大意指新加坡成功關鍵在於肯定英國貢獻，而非全盤反殖、「破舊立新」，雖然名句旨在建議經濟政策，正視殖民時代理念無意中亦成為新加坡主流價值觀（鄺健銘，2016）。澳門主權移交以後，雖然不再受葡國管治，但直至今日，澳門人亦承認甚至自豪澳門文化含葡國元素，甚至可視為東方葡人文化分支、與葡國有淵源，但包含東方文化在內（黎若嵐，2008）。故此去除葡國元素，澳門文化將會殘缺以至崩潰，近年亦有土生葡人指出現代 Macanese 一詞應不再限指土生葡人，而應包括所有在澳出世、而且願意學習葡國文化之澳門人（黎若嵐，2008）。對於澳門文化構成觀點，亦非民間獨有，同時可見於澳門特區政府推廣澳門文化廣告或展覽。反之，近年香港人非但否定殖民時代、「改正」歷史，亦流行文化脫英，去除英國文化、「改組香港文化」，與新澳兩地相比，實在下品。

實在簡而言之，幾乎所有香港人皆係歐亞混血兒，分別在於係血純混血兒，抑或文化混血兒，香港之於香港人，或者就正如五〇年代香港歐亞混血兒社群所言（Ingrams，1952）：「Hong Kong is our home, it is our only country for we are not accepted anywhere else. We belong to it. We do not belong wholly either to China or to Europe.（譯香港為吾家，係惟一接納吾輩所在。惟獨香港係吾輩根源，非歐洲亦非中國所能比擬）」。

今年係主權移交廿年暨六七平暴五十年，編寫敝書惟一目的，即係修復屬於香港人之香港史，一部混血史。

書稿編寫於倫敦
修訂於香港
香港開埠一七六年

目錄

第一章：香港簡史

第二章：脫亞入英

第三章・若無九七

附錄

台灣日治時代曾有皇民運動，即係台灣脱亞入日（或稱日本化）現象，與此相似，香港亦存在過類似運動，當然香港所謂「皇民運動」係與當時母國英國有關，而非日本，作為脱亞入英（或稱英國化）運動，為免混淆，宜以臣民運動稱之。

一八八〇年，時任港督軒尼詩爵士假中央書院（今皇仁書院）演講，總結本人以至過往港督對殖民地管治願景及對華人（華人定義見序章）態度，演講節錄如下（施其樂，1999）：

此乃吾願亦係此前幾乎所有總督心願及所有國務大臣主張－香港應當係英籍華人殖民地，住有數以千計女王陛下臣民，臣民精通英文、遵從英國法律、重視英國憲法、對女王忠誠……政府教育計劃將協助實踐以上目的。正如吾願，一個英籍華人殖民地應該從殖民地子民手中誕生。

對於此臣民主張，華人團體反應亦佳，軒尼詩爵士指曾有華人向其表示（施其樂，1999）：

吾人子孫生於香港，吾輩希望入籍，以求吾產以英國臣民傳予英國臣民方式，傳予子孫……吾人與子孫現有與將來所有利益皆在香港，香港即永久之家，真正故鄉，以及最後安息之地。

固然不可單就軒尼詩爵士演講，得出臣民運動成效結論，但就上述例子所示，亦可見入英進程並非始自一八八一年港府准予華人歸化，而更早已有英國認同萌芽。

自香港開埠，大量各裔移民湧入，華人而言，戰前移民多係屬於邊緣華人（施其樂，1999），邊緣華人者，以大清時代論，係指位處大清下層社會之人、且多不受傳統社會接納，包括涉外婚婦（與洋人私通者）、經濟冒險家（即未能於傳統社會謀生者）、罪犯、協助英國之「叛國者」、基督與天主教徒（下稱基督徒）及蠻人（如水上人疍民）（施其樂，1999.;鄭宇碩，2017）。而其中涉外婚婦多係疍民（同受傳統社會排擠），因而港澳兩地混血後代多係有疍民血緣（蘇桂寧，2004；鄭宏泰及黃紹倫，2011）。

由於香港華人移民多為邊緣族群，抵港後莫再受制傳統社會秩序，加上港府已於一八四四年立例禁止蓄奴，即使原於大清國為奴者，抵港後亦可自我創立新生活方式，可東可西，混合亦可，此亦非為男子專利，女子亦同可享有。生活以外，男女皆有權自由營商融資，不受傳統社會秩序控制，雖然尚有如妹仔奴役問題有待廿世紀初解決，但大致而言女性生活不再受支配（施其樂，1999）。而更有甚者，即協助英軍參與對清戰爭者，由於再難以回歸故國，殖民地自然成為其永居之所（施其樂，1999）。

除地域情感與自由政策，利益及文化皆為助長英國認同感（或至少對屬土香港）因素。利益方面，主要存在華人之間，華人可經由接受香港教育西化（如掌握英文）及接受香港政府頒授之榮譽及頭銜，藉此提高其政商地位（施其樂，1999），香港給予機會，使其脱離邊緣、受社會排擠身份。文化方面多見於混血兒及華人基督徒，前者敝除何東等顯赫混血家族，一般混血兒家庭多歸於歐洲文化，子女亦會取其父姓，即歐洲姓氏（施其樂，1999），雖然偏向歐洲文化，但混血兒身份亦使其難以完全認同歐洲係其故鄉，因此易生殖民地（即香港）係其家亦係其所有之感（Ingrams，1952）。後者則因宗教文化問題而易於歸化，尤其可見於二〇年代中華民族主義興起之時，華人基督徒多不為所動（施其樂，1999）。

由此可見，其實香港由開埠日起，已注定其文化入英之路，故此拙書將嘗試以四章附以附錄闡述上述現象：

序章

本章共有兩部分，第一為詞彙定義，包括各地政府用字定義及華人定義，第二為必要資料，包括史觀問題及英國臣民處境，兩部分皆有助理解正文。

第一章

本章稱香港簡史，共分兩部，前部（何謂香港）以香港開埠以蒞美稱與惡名、後部（失去香港）以港府所面對管治挑戰事例簡述香港發展。

第二章

本章稱脫亞入英，分別以英國認同、歸化英籍及香港自主三部分描述香港脫亞入英過程，配合近年英國解密文件輔助，以釐清「英國剝奪港人英籍及民主發展機會」之迷思。

第三章

本章稱若無九七，與前三章稍異，本章第一部分需要稍加想像，假設主權移交並無出現，今日香港市政、康文、教育、國防外交將會何樣，而第二部分則係對比與香港相似地位之現存英國海外領土，合兩部分史實推敲香港另一個未來與評估香港因主權移交而錯失之機會。

附錄

本節旨在補充正文不足之處，共有三部分，分別為後話回顧、港史廿五事，講述香港史上廿五年大事；及香港六七前社會概況，講述一九六七年前香港教育、房屋及勞工保障情況。

前言

拙書概念係由修讀心理學期間所寫論文而蒞，當時翻閱參考資料，發現無論心理學及歷史學，皆有提及香港人存在英國特質，坊間卻少有記述，如此現象，極其有趣。而完成論文以後，再三研習香港歷史，卻發現除英國文化特質，英國管治之貢獻，亦有意無意受忽視以至醜化，所用技巧多以錯誤或誤導史實，營造歷史迷思，例如：

1、戰前迷思

即指香港戰前社會敗壞、人權低落、經濟不振及種族隔離等，實況卻完全相反（見導讀及第一章）。

2、石硤尾迷思（公屋迷思）

即指港府於一九五三年石硤尾大火後方推行徙置計劃，實際港府於一九五二年已制定徙置計劃（高馬可，2013）。

3、六七迷思

即指港府係出於對一九六七年左派暴動回應方推行德政，如免費教育，事實港府已於一九六五年準備推行免費教育，並載於教育白皮書。

忽視及醜化英治時代原因可能有二，一係不利建立戰後難民神話，即香港經濟成果係由戰後中國難民及其「先進技術」建立，諷刺係一九三一年中國仍有派員到港考察工業（楊國雄，2014），以改良其國內發展；二係不利建立殖民無義形象，即殖民者只圖利益、不謀福祉，忽視如解放蛋奴（水上人）、女子自由撰業營商、法律面前人人平等（不分族裔）等事例（施其樂，1999；區志堅，彭淑敏及蔡思行，2011）。因此決定編寫敝書，望以屬民角度回顧香港埠史，正視英治時代。

以下為當時論文節錄（原文為英文）：

//香港長期名為二元甚或多元文化社會，與其他東亞地區類似，香港亦因地緣之故，受到東亞儒家文化影響，又歷英國一百五十六年統治，英國文化亦對香港有所影響，兩者揉合（東方文化尚包括第一章所提越族文化）除使香港社會變得多元，亦使香港人身份認同出現類近轉變，既西亦東。

香港文化轉變預警

香港教育並未似台灣、中國兩個鄰近國家，必需附合政治社會化原則（此處指個人接受社會及文化規範，因而形成政權所需政治價值觀念及行為型態），所以一九九七年以前香港學生偏向存在較高程度自由價值觀（Lew，1998），亦普遍視香港舊教育制度為英式教育翻版。

然而，主權移交前夕，英國國家教育研究基金會於一九九六年，發表香港語言政策報告，指出一九九七年以後，香港因受中國因素影響，英文地位無可避免由工、商、政界第一語言，變成純粹供國際交流及學術用途輔助語言（Dickson & Cumming，1996）。報告貌似單純研究香港英文未來發展，同時卻指出當時廣泛存在於香港社會及香港人之Britishness（英國特質）有消亡隱憂。據英國解密文件披露，一九八四年一月廿五號第八輪香港前途談判，中國強調主權移交後，教科書必須附合「內容若果涉暗示殖民地統治或削弱中國主權，必須予以消除」原則，某程度亦證實上述預警（方曉盈，2014）。

九七移交以後，香港城市大學出版幾份心理學論文，研究中國因素如何影響香港人心理，其中一篇關於香港人身份認同與愛國主義論文，指出香港將有可能因九七移交，而發展出對中國新身份認同及忠誠，即由效忠香港轉為效忠中國；另一篇有關香港人思考模式論文亦指出，香港人思考模式為半東方半西方（以 fMRI 研究腦部得出），並就其數據指出香港人具備因應對方文化背景而轉變思考模式能力，例如與西方人交流即轉用西方思維，同時論文又提出類似預警，即使香港人現時擁有半東半西思考模式，其西方部分將隨中國管治而漸漸消退，最後將變成單一（東方）思考模式，與中國人無異（Ng，2007；Ng & Lai，2010；Ng, Han, Mao, & Lai，2010）。心理學界巧合得出與一九九六年語言研究近似文化警告。

Britishness 及二元文化特質

回顧香港歷史，本埠長期享譽為東西文化交融例子，遠東經濟評論雜誌亦以此概括香港成功主因（Hampton，2015），因此亦有一說，若以 Britishness 作為評價英國本地與各屬地（或前屬地）距離，澳洲、加拿大、紐西蘭等自治領即係家人、自己人；肯亞等殖民地卻係陌生人；而香港則係兩者之間，為中性地位（Hampton，2012），可見香港之所以為香港，東西兩文化缺一不可，而西方即主要指英國。

就香港之英國部分，一份二〇一二年論文認為香港 Britishness 特質，原來早於一九二〇年代已可窺一二。一九二四年香港受邀參與溫布萊帝國展覽會，論文指出展覽會實際為一個允許殖民地子民自願認同英國臣民機會（詳見第一章），而針對香港，即係一個香港人展現忠誠與國家（指英國）認同契機（Zou，2012）。

經歷一九二〇年代經驗，戰後英國文化不論因為自然形成或政策所致，均對香港有所影響（Hampton，2012），其中包括日常生活層面如教育、娛樂，商貿應用層面及政治體制層面（Bond，1993；Ng，2007；Ng Ng, Han, Mao, & Lai，2010；Hampton，2015），亦因為英國文化影響無孔不入，故在一九五〇年代，英國商人均讚譽香港乃真正繼承英式價值所在，維多利亞經濟學更使香港享譽喻為比英國更英國之地（Hampton，2015）。時至今日，仍有不少香港人奉英式司法（普通法制度）、法治、表達及思想自由為香港核心價值（Hampton，

2015）。核心價值皆出自英國此一事實，往往因政治或文化需要而刻意忽略，一份香港研究卻重申香港人所重視價值，即包括法治、反貪、公平、現代化、積極不干預政府及民主，皆是香港英國化佐證。（Hampton，2015）。

香港華人身份認同

香港華人對自身身份界定，主要有幾種認同，最少包括香港人、香港中國人（或混合身份）及中國人，據港大民意機構（HKUPOP）於二〇一五年下半葉所完成之香港人身份認同調查，得出結果分別為香港人（40.2%）、中國人（27.4%）及混合身份（40.4%）。就數據所得，雖然混合身份最高，但過往亦有研究指出香港人中國身份認同其實主要用作突出自己與西方有異，而未必真正認同中國（Brewer，1999）。

為何東方文化於香港不佔壟斷地位

香港如同澳門、台灣、韓國、日本及中國等東亞地區一樣，普遍受到儒家思想影響，文化發展歷程理應相似，然而日本研究認為各地儒家思想不可一概而論，研究指出儒家思想經歷千年以上發展，不同時期儒家思想可視為不同體系，而所有體系均經過修正，以貼合政治需要（Fukuyama，1995）。香港學者於二〇〇〇年亦提出相似概念，即中國雖然於一九六六年至一九七六年間爆發反儒文化大革命，中國社會仍然深受儒家思想影響，與文化大革命前相比，為轉移以另一種修正模式存在，以貼合現代政體需要（Mathews，2000）。因此即使儒家思想理論上與現代民主理論相類似（Hu，1997），但往往會因為政治需要而修正（Fukuyama，1995）。故雖然港中兩地皆受儒家思想影響，由於兩地政體截然不同，香港重視個人自由權利比其他權利更高（Hampton，2015）。

序章：詞彙定義

一、用詞定義

香港政府：

係指一八四一至一九九七年期間管治香港之英國屬地政府（撇除一九四一至一九四五年之三年零八個月日治時期）。

特區政府：

由於一九九七年起，香港已由英國屬地身份轉變為中國屬地，故本文中將以香港特別行政區政府簡稱，特區政府示之。

澳門政府：

係指十六世紀中葉至一九九九年管治澳門之葡國屬地政府（或根據葡國憲法所定，八〇年代起之托管政府），一九九九年主權移交起之中國屬地政府則稱澳門特區政府。

英國：

於一八四一年至一九九七年為香港母國，因此內文如非特別提及，母國、朝廷、本國等用字等同英國意思。

中國：

內文所指有三者，一為大清一代，則以當時正式國號大清國示之；二為中華民國（大陸時期，一九一二年至一九四九年）；三為中華人民共和國（一九四九年至今）。若二、三兩者同時出現，則以中國（中華民國）及赤色中國或社會主義中國（中華人民共和國）稱之，一九四九年中華民國政府遷台後，則以台灣稱之。

二、華人定義

拙作主要探討香港於英治時期社會、民生、政治及經濟狀況，故難以避免出現部分因時代局限，而定義未明之用語。故翻閱正文前，請明白本書所指之名詞，定義與坊間解釋不同。華人一詞，英人可能因方便起見或對清國民族成份未盡了解，尤其對於南方民族，故此，即使英國有因治下族群生活習慣而細分陸上人及水上人（Tankas），種族仍一律判為華人，並一直沿用至整個英治時代。故此，即凡原居或自大清國（及後來繼承政權）移民至香港者（不論在香港開埠前後），皆列為華人，包括在英國始政以前之香港島民（一八四一年前）、九龍半島居民（一八六〇年前）及九龍大陸（或稱新界）居民（一八九八年前）。

而觀乎其他國家殖民地亦有類似情況，如德屬膠州灣（一八九七年至一九一四年），殖民地法律嚴格界定殖民地內之前大清臣民，無分滿、蒙、漢、藏等族，一律以華人視之（朱建君，2010）。

因此，本書所指之華人或內文提到任何與華人有關概念，如華裔、華籍等，皆同英國定義，並無中國政府（包括中華民國及中華人民共和國）所指，華人有等同漢人或中國人之意。

三、越漢混淆說

觀乎歷史，英國對於殖民地往往存在不少人類學研究，又為何獨獨香港出現如此誤解，以致誤稱所有原受大清國統治之居民皆為華人，其原因何在？或者可見於存續千年之越漢混淆。

越人，或稱百越族，乃今日嶺南地區及越南北部之原住民，今日水上人多係其後裔（羅香林，1955；顧鐵符，1984）。三千年前已建有多個政權（莫稚，1998）。至公元前二一〇年，來自嶺北之大秦吞拼所有南越政權，越族自此受其佔領，至公元前二〇三年，因大秦覆滅而結束。期間統治者嘗試使嶺北嶺南民族、文化揉合，試圖同化越人。

大秦覆滅之際，基於嶺北中原內戰（即中國歷史所記楚漢戰爭），原大秦將軍趙陀於嶺南建國，越人經歷短暫嶺北政權統治後，再次獨立。雖然皇帝趙陀為嶺北人，但其國策和輯百越，於緩和嶺北、嶺南人情況下，並未有大幅以漢人文化取代越人文化，反之越人文化較受重視，如政治方面，朝廷重用越人，例如呂嘉（丞相）；文俗方面則皇室遵從越人風俗，包括服飾及飲食，並以越語作為通用語言（皇帝本人亦學之）。南越國治下，越人只選擇學習部分嶺北文化，並保留及復興原有嶺南文化。

然而，南越國歷時近百年，於公元前一一二年，來自嶺北大帝國大漢侵攻，南越國戰敗，雖然嶺北尚有少數越族政權（如甌越、閩越），但南越亡國使絕大部分越人歸入漢人管治之下，雖然大漢統治之初仍沿襲大部分南越國政策，但不久即推行大規模漢化政策，而漢化進程並未由大漢覆滅、改朝換代而中止，然而漢化並不順利（徐承恩，2015），越境又時有反抗，例如位於今日越南境內之二徵夫人起義（二徵夫人亦受崇稱為越南民族英雄）。

就漢化過程不盡順利，漢化政策同時嘗試軟性及硬性漢化，亦因為軟硬兼施，漢人殖民技巧就實踐而言，其實比歐洲諸國更為先進，以鞭與糖，最終成功漢化越地。

硬性漢化者，指以壓力逼使越人漢化。漢人統治者要求越族子民服從漢化政策並接受漢人身份。而拒絕者據漢人文獻所示，多亡命海上或潛入深山，部分則退至越南，成為日後越南抗漢之其中勢力，在此即為鞭。

軟性漢化者，指以利益誘使越人漢化。由於拒絕漢化成本太高（放棄家園及財產），不少越人選擇留下耕種，然而由於越人仍有其民族及文化獨立意識，糖政策便於驅趕死硬派（上山下海者）後推行。簡而言之，糖政策即係經由政治（如科舉制度、官場制度）教育及潮流，使社會規範以崇尚漢文化及以身為「榮譽漢人」為榮（籍由偽編族譜等），越人自然否定自身文化，以進行社會化進程，亦可由日後圈地運動（經濟）及考取功名（社會地位）佐證（徐承恩，2015）。

然而肯定越人有否成為榮譽漢人資格者，實為漢統治者。因此越人為得到新社會肯定，除否定自身文化，更積極接納統治者給予之漢化政策，務求成為比漢人更漢人之模範生，尤以明清兩代為甚（徐承恩，2015）。因此，越地社會，愈漢化社會地位愈高，自然而言越人漸以放棄原有身份與文化，轉而成為新漢人政權，亦發展出極大認同感，例如於漢人政權受外族威脅時，越人會以身為漢人為榮奮戰，與近至越南之越人及亡命海上之越人形成鮮明對比。

水上越人因漢化程度較低，仍受先前已漢化之陸上越人及漢人所歧視而禁止上岸，如同賤民階層，話雖如此，無可避免兩者間亦有非常少量但重要之接觸。因此，有見陸上越人以接受漢化成功提升社會地位，水上人亦希望籍此脱離賤民身份，或至少減少歧視。水上人亦步陸上人後塵，接受漢化，自認漢人身份，包括偽造族譜以「鞏固」其漢人身份及自圓其說（徐承恩，2015），幾代以後，謊言取代事實，水上人原先保存之越人習俗亦因而改名為華夏習俗，越漢混淆更形鞏固。

經歷軟硬兼施，橫跨千年漢化過程，越人多自以為漢人，其習俗即使得以保存，亦誤傳為漢文化之一種，故大清國統治時間，越漢基本已經混淆，而且由於大清國亦有嚴格旗民之別，用以區分統治者（旗人）與受統治者（民人），旗人即以非漢人及滿化漢人為主，民人則以漢人為主（支運亭，2002）。同為民人身份，漢人與越人本質無異（除水上越人以外），皆為受統治者，故當英人到來，即使越人生為越人，亦會以漢人（或其後衍生而成之華人稱謂）自居，以至整個英治時代，統治者皆一律以華人稱之。

四、Britishness 定義

暫譯英國特質，文中係指英式價值觀、生活態度、常識、思維、言行舉止等大小文化內涵；經歷一百五十六年英治時期，香港人受其影響甚深，於文化、生活及心理層面皆可見一二（見前言及第二章）。

五、史觀問題

研究歷史者，但求客觀持平、以史實證據而非空談流言論證，查實即使同一史實，持不同史觀者，亦可能出現不同推演，歷史研究並非非黑即白，反之由於各派史觀皆有其著重點，因此同時亦有其局限，拙作所用史觀亦無例外。時至今日，單就香港埠史，撇除拙作所用史觀，粗略估計市面至少存在七種史觀，其中有港府官方史觀、中國國民黨史觀、中國共產黨史觀、司徒史觀、馬克思史觀、香港民族史觀及土著史觀。以下將以主流史觀、現存其他史觀及拙作史觀三方面逐一簡述其角度與局限。

戰後四大主流史觀

A、港府官方史觀

顧名思義，身為統治者，港府官方史觀自然亦以政府角度書寫歷史，因位屬官方，同時亦係本港戰後主流史觀之一。而由於過份重視政府，此史觀可能存在對民間貢獻認識不足一大局限，例如於一九二〇年代港府對本港工業發展情況未盡了解（反之本地民間及鄰國如中國、日本等紀錄較為詳盡），因此單純以官方史觀審視香港發展，可能未盡全面。

B、中國國民黨史觀

中國國民黨史觀為本港戰後主流史觀之一，其由晚清革命而生、隨中華民族主義而興、再因一九二七年中國國民黨（下稱國民黨）戰勝中國內戰而盛，戰前對香港有一定影響，卻未足成主流。一九四九年由於中國易幟、國民黨戰敗，大批軍民渡台，殘部轉入香港，國民黨史觀亦隨難民湧至。國民黨史觀以中華民族主義為宗旨，戰後藉辦學或中學中國歷史科課程（因港府姑息之下），散播其反共民族主義史觀，亦有強調「英人非我族類，其心必異」、中華文明優越論、中華中心論及「一雪國恥心理」等特質，成為香港戰後世代主流史觀。因為此史觀以民族主義為宗，難以避免出現忽略英國、港府以至非華裔（有時包括英籍華裔）貢獻，尤以戰前建設為甚。

C、中國共產黨史觀

中國共產黨史觀始創自一九二〇年代，雖然其隨中國易幟、中國共產黨建政(下稱共產黨)而席捲中國，卻未有波及本港。由於本港政策防共，戰後湧港中國難民亦多具國民黨背景或抗拒共產黨，與國民黨史觀相比，共產黨史觀主要流於左傾份子，並未如前者大幅影響社會，然而本港左傾份子為數非寡，又因港府平衡政策（即同時默許國共勢力存在，同時避免任何一方勢力過大），市面亦有左傾學校、機構以至企業，共產黨史觀雖無國民黨史觀影響之廣，仍係戰後香港主流史觀之一。與國民黨史觀相似，此史觀亦存在中華民族主義及中華中心論等觀點，認為有必要「一雪國恥」（如吞併香港與澳門，同時以「回歸、統一、解放、光復」等字眼取代吞併），而此史觀與國民黨者相異之處，在於其融會馬克思主義，以「反殖反帝」理論配合中華民族主義，此史觀借詞營造「香港人民由英國佔領開始一直持續反英抗爭」之說，亦係其局限。

D、司徒史觀

司徒史觀即以其宗師司徒華理念為重，主要隨司徒華策動社會運動並逐漸影響教育界而興盛。司徒史觀為戰後主流史觀之中，影響最為深遠者，除因教育原因影響當時學生，甚至遍及政界。司徒史觀同時受中國國民黨史觀及中國共產黨史觀影響，因此兩者特質皆有，而使司徒史觀與上述兩者相異之處，在於其一定程度肯定英國及港府貢獻，惟亦聲稱英國及港府貢獻只屬「壓逼」香港華人之補償。其局限主要因其排英心理而出現，例如否認香港存在英式價值觀，反以「普世價值」朦混之（見第二章），又例如為肯定排英心理正當，而發表「六七暴動乃港府改變施政源頭」學說，由於司徒史觀反對共產黨史觀而易受大眾接納，又因其與國民黨史觀比較之下，中華民族主義情緒較為平緩，對大眾而言似有中庸客觀之感，故影響遍及社會各界，於英治末年成為影響最大之史觀，其影響延續至今，並未因司徒華過世而消失。

現存其他史觀

A、馬克思史觀

雖然香港處於自由世界、反共陣營，因應七〇年代全球左傾熱潮，香港學界以至社會亦難免受馬克思主義（或社會主義）影響。香港馬克思史觀與中國共產黨史觀雖然系出同源，但中華民族主義對前者影響較淺，因此上述馬克思主義者與傳統親中共左傾者有異。馬克思史觀強調工人「抗爭」觀點，認為香港係藉由剝削工人所建立，而港府為人稱譽之福利政策皆係「工人抗爭」之成果，甚至為打壓工人之補償。與司徒史觀相似，馬克思史觀認為六七暴動責任在於港府，工人動機「純正與正義」，六七暴動只屬「路線與行動錯誤」，暴動本質係「正確與高尚」，藉此否定港府貢獻，其局限易於總結，即殖民原罪論。

B、香港民族史觀

香港民族史觀為近年興起史觀，出現時間狹義定義為主權移交後，即因應香港與新宗主國中國之差異與衝突而出現，廣義而言則可追溯至較早時間，如中國改革開放後港人開始發現兩地差異，尤以文化為甚，以強調自我作為獨特群體審視歷史，甚至以獨特民族身份（即香港民族）為本位重塑香港史。其角度主要在於香港史不應以英國角度（指港府官方史觀）或中國角度（包括國民黨、共產黨及司徒史觀）視之，反而應以香港人角度切入，突顯香港人獨特歷史發展，而非作為帝國前線（英國）或帝國邊垂（中國）。香港民族史觀亦有其分支，例如漢族主義分流、馬克思主義分流等等，在此不一一敘述。就其局限而言，雖然香港民族史觀認為其紀史方式以香港人角度書寫，理應比起英國角度及中國角度中肯及全面，之但係此史觀主要以今日時局回顧過去，難免出現時代局限，例如未能了解開埠以降香港人對英國認同變化與原因，甚至未能了解認同英國之屬民心態。

C、土著史觀

與香港民族史觀類比，土著史觀乃係其極端版本，但兩者之間並無必然關係。土著史觀以極端香港民族主義為中心思想，排除一切與其中心思想衝突人事，例如種族主義（純血論），認為混血兒（因為血統不純）與非本族者難以完全理解香港，因此並非「真正香港人」（較多出於自極端漢族主義者，但並非其獨有），其中對白人族群則更為嚴苛，此史觀相信因白人為「前統治階層」，對本族極盡剝削，因而產生仇恨心理。此史觀另一特點與馬克思史觀相似，容易偏向以受逼害者審視歷史，而此史觀比馬克思史觀更甚者，乃係其以今日受中國管治造成不公，情感投射過去所有時期，認為香港史等同一部受外族逼害史，存在殖民必惡信念。

敝書史觀

一如前述，各派史觀皆有其特質與局限，本書所用史觀亦非例外。敝冊史觀特質在於既非英（港府角度），亦非中（國共兩黨及司徒角度），而偏向以香港人角度審視。如此形容，敝冊史觀貌似與香港本土史觀無異，實際上敝冊史觀主要以英國屬民角度回顧埠史，故局限就在於未盡反映中華民族主義者心理，亦因敝冊非以社會特定階層研究，對某特定階層人士心理可能未盡了解。

六、英國臣民處境

截至一九九七年六月卅號，絕大部分香港居民皆為英籍人士（舊稱英國臣民），少部分為外籍居民及未有合乎歸化條件之本港居民（如香港身份證明書，即CI持有人），當時人口接近六百五十萬。同年七月一號起，未有換領英國國民（海外），即BNO身份之原英籍公民，其持有之英籍身份（英國屬土公民，即BDTC）因中英聯合聲明而失效，自此香港人英籍基本只有新英籍（BNO）及少數取得英國公民身份（BC）兩類。不只成年人喪失英籍身份，亦包括根本未有自理與判斷能力之嬰孩，若父母並無為其換領BNO身份，其英籍人士身份將受剝奪。然而，此屬英國抑或當時香港政府責任？有何隱藏故事？正文將會就此逐一探討。

第一章：香港簡史

一、何謂香港

何謂香港？廣義而言本埠歷史可上溯至百越時代，距今數千年，狹義而言則係一百七十六年前，拓殖先驅義律爵士宣佈香港開埠，米字旗隨風飄揚一刻，香港歷史方告開始。總括而言，香港係東西文化交融結晶之餘，亦係各族共融之地，一九七一年香港政府以香港本土人（Hong-Kong belonger）取代直稱住民種族（鄭宇碩，2017），亦可謂其中例子。

自香港開埠以來，對我埠毀稱與美譽，皆不絕於耳。然而，稱呼除可作為娛樂大眾或報紙綽頭外，今日則成為研究香港發展良材。以下將列舉十三稱謂，借其引伸故事略述香港發展史。

1、荒蕪之地：巴麥尊勳爵，時任外交大臣，名稱見於一八四一年。

由開埠始計，首句形容香港之稱，其實不甚光彩。雖然早於一八一六年，據阿美士德訪清使團所記，香港島除屬荒蕪小島，亦可能存在優良天然海港，以供任何噸位船隻停泊（Henry Ellies，1817；區志堅，彭淑敏及蔡思行，2011），可惜時任外交大臣巴麥尊勳爵只接納當年阿美士德使團提交之部分已確應資料（即香港為荒島部分），香港島等同荒蕪之地消息施即傳遍朝野，即使義律爵士早前已就穿鼻草約（草簽於一月七號）所賦予之權利，於一月廿六號宣佈香港開埠，倫敦方面亦一度考慮放棄香港，所幸義律爵士，未幾以利、義兩者為理據，力爭香港歸於女王陛下領土。

2、貿易與彰顯正義之地：義律爵士，前駐清商務總監暨香港行政官，名稱見於一八四一年。

因外交大臣巴麥尊勳爵不滿香港本島荒蕪，無助開拓貿易據點，倫敦即罷免義律官職（此前任首任香港行政官，其後職位裁撤並由總督取代），繼而凍結以至否認穿鼻草約，義律爵士雖為免職之身，惟確信香港價值遠比巴麥尊勳爵想像為高，加上認為香港島民於對清戰爭協助英軍，理應由英軍保障安危，（區志堅，彭淑敏及蔡思行，2011；高馬可，2013），故此義律爵士以彰顯帝國正義及信守承諾為理據，上書時任印度總督奧克蘭勳爵（區志堅，彭淑敏及蔡思行，2011），陳明原因，期望改變國內意見（印度為英國在遠東最重要殖民地，故其總督意見有可能影響本國外交決策），卒之，香港，即受義律爵士稱之為貿易與彰顯正義之地，最終依其所願，併入女王陛下領土。

3、死亡之地：英軍，名稱見於開埠初期。

今日回顧香港發展，似義律爵士預期，成為遠東重要貿易中心，亦吸引不少人移民至此，但於開埠初期，香港一地在英軍間聲譽甚差。香港位處亞熱帶地區，潮濕炎熱，蚊蟲亦多，駐防英軍多未能適應而患病，甚至死亡，例如開埠早年爆發大瘧疾（梁英杰，2017），據一八四三年統計資料，百分之廿五駐港英軍死於瘧疾（高馬可，2013）。疾病以外，亦有海盜為患，英軍自始有潮流俚語，以「為何你不去香港？」暗喻詛咒對方死亡，香港亦一度代表死亡之地。

4、維新借鑒之地：日本明治維新志士，名稱見於一八四〇至一八六〇年代。

日本雖然於德川幕府管治之下（一六〇三年至一八六八）相對鎖國，

但亦有一定渠道接收外來資料與世界局勢，例如荷蘭定期隨貿易上交之風說書，故此英清開戰、香港開埠等事，日本亦早已得知。未幾黑船來航、日本開國、尊王攘夷以至王政復古，開展明治維新，日本現代化雖以英、德、法等國為師，之但係歐洲文化對當時日本而言近乎陌生，直接取師實在難為，而香港經歷一八四一年至一八六八年（明治維新啟始年）發展，成為西方（英國文化）及東方（東亞文化）揉合之地，正正具明治維新所需之文明融合經驗，香港又有新式基建與企業，遂成維新志士「文明開化、殖產興業」一大參考（李培德，2015）。

5、英籍華人殖民地：軒尼詩爵士，時任香港總督（第八任），名稱見於一八八〇年。

一八八〇年，香港開埠近四十年，軒尼詩爵士公開演講，闡述對香港華人歸化入英之願景，期間提到香港人係精通英文、遵從英國法律、重視英國憲法，對女王忠誠之臣民，同時亦指香港華人視香港為其永久之家、真正故鄉及安息之地，而且極欲入籍歸化，成為英籍華人（施其樂，1999），軒尼詩爵士即以英籍華人殖民地之名，總結其臣民運動計劃。此亦係一八八一年推動非歐裔居民歸化令（華裔居民歸化令）之遠因，入籍華人例如有攝影師黎芳（Bennett，2013）。

6、東方直布羅陀（首次）：寶雲爵士，時任香港總督（第九任），名稱見於一八八三年。

直布羅陀位處西班牙以南，扼守地中海至大西洋航道，屬英國重要屬地，故此，當英國人遇上價值與直布羅陀地位相近之地，多會以直布羅陀美譽，而比較常見有新加坡及香港兩地。

在經歷前八任總督之市政及衛生改革，及第八任總督軒尼詩爵士所頒華裔居民歸化令，香港作為遠東要地規模日盛。因此，當寶雲爵士抵港，即以東方直布羅陀形容香港（Peckham，2015），以此讚譽並肯定歷任總督貢獻。因此，為延續東方直布羅陀地位，其在任內首先一方面設立衛生委員會（錦潤，1983），又擴展本港基礎設施，如興建大潭水塘，另一方面亦使香港進一步現代化，諸如仿照格林威治皇家天文台成立天文台（後因其卓越表現，一九一二年獲授皇家稱謂），又成立賽馬會，以應文化、娛樂所需，其建設沿用至今。

7、文明開化之地：孫逸仙，前中國臨時大總統，名稱見於一九二三年。

一九一二年中華民國成立，大清帝國覆亡（除北京皇城）。孫逸仙，又名孫文、孫中山，作為推動反清革命重要功臣之一，受推舉為首任中國臨時大總統（後袁世凱繼任），一九四〇年中國國民黨追尊為中國國父。

一九二三年，孫逸仙策動北伐內戰前，曾受邀至香港大學演講。演講內容雖然主要分享其思想及信念來自香港，期間亦提到本港市街秩序整齊，官員潔己奉公，又言「英人能於七八十年間在一荒島上成此偉積，中國以四千年之文明乃無一地如香港者。」，以示其肯定英國對香港文明開化之佳積（羅香林，1971）。

而在此之前，大清國亦多有維新改革志士，對香港感覺，如同孫逸仙所想，例如一八五六年之思想家王韜、一八七六年之首任大清國駐英公使郭嵩燾、及一八七九年之維新派要人康有為等，皆對港澳，尤其香港稱譽不絕，可見一九二三年孫文所言非虛（王宏志，2005；霍啟昌，2011）。

8、帝國忠貞之地，報紙南華早報，名稱見於一九二四年。

雖然孫逸仙認為香港啟發其革命思想，但一九二〇年代，中國（廣州政府）與英國交惡，時有鼓勵港人反英，港人亦出現愈來愈接受現代中國民族主義之勢，因此一九二四年舉辦之溫布萊帝國展覽會，雖為振興經濟（May，2010），同時亦為英國測試香港臣民忠誠與了解臣民之入英程度（Zou，2012）。展內自治領如加拿大，主辦（英國）允許其以獨立身份，向來賓自我介紹及自行簽訂經貿協議（Clendinning，2010），而香港當時身為殖民地，卻有如自治領待遇（Zou，2012），最後南華早報以「若香港人意欲成為帝國臣民，帝國樂於順從，其中溫布萊展覽正正是一個給予香港人表忠與歸化機會。」作結（Zou，2012），以顯示二〇年代港人面對忠誠測試情況。

9、東方直布羅陀（第二次）：報紙西澳洲人（The West Australian），名稱見於一九三七年。

一九三六年英、美、日三國海軍軍力協議（華盛頓海軍條約）失效，加上一九三七年日中爆發戰爭，香港極有機會成為敵陣前線孤立領土。因此澳洲報紙以東方直布羅陀形容香港，取同是天涯（法西斯西班牙包圍直布羅陀，卻未能佔有）情況，繼而指出香港為英國海軍軍港，日本難以為所欲為，旨在鼓勵士氣。而三〇年代香港亦大展防務，如啟德空軍基地、醉酒灣防線及擴展守軍規模，以應對日軍威脅。冷戰之初，由於香港位處竹幕[1]抗共前線（即防止中國赤化他國），亦再次有國會議會以東方直布羅陀代稱香港（陳惠芬，2009）。

[1] 竹幕與鐵幕相對，同為冷戰時期劃分共產與自由陣營界線，前者係指亞洲，後者係歐洲

10、東西文化交匯之地：雜誌遠東經濟評論，名稱見於一九四五年。

戰後香港百廢待興，為重整社會需要，民間與政府皆再次強調香港成功之道，在於東西文化交融，缺一不可，其中戰後四〇年代於香港創刊之遠東經濟評論，就在其創刊致詞特別提到此事（Hampton，2015），以肯定香港文化係由英國及東方文化共同構成。往後，雖然五十年代末至六十年代期間，因中國難民問題，而使東西文化比例一度失衡，但自一九六七年共產暴動平亂起，情況有所改善，西方文化再次興起，延至今日，兩種文化已成為香港風貌不可或缺一環。

11、東方柏林：葛量洪爵士，時任香港總督（第廿二任），名稱見於一九五四年。

五〇年代時值冷戰，香港成為竹幕（即亞洲社會主義國家）以外自由世界前線，極需得到其他自由世界國家支持，尤其美國。然而因香港難以完全依照呼應韓戰之對中國貿易禁令，美國朝野皆對港評價甚差（Longines Chronoscope，1954），甚至鼓吹放棄香港，故時任香港總督葛量洪爵士赴美演講，首先解釋香港未能完全履行禁運因由，包括香港經濟及民生現況，再指出香港對自由世界重要何在，及重伸香港人普遍效忠香港政府與英國，最後以香港地位猶如東方柏林、自由堡壘作結，希望美國視香港與鐵幕（即歐洲社會主義國家）前線西柏林地位相當。因葛量洪爵士力陳，兼得倫敦支持，美國終改變初衷，促使一九五七年答允協防香港，以遠東柏林身份成為抗共要地，同年之香港前途聯合備忘錄亦重伸香港面對之挑戰，實與柏林情況無異（陳惠芬，2009）。

12、自由經濟最後堡壘：佛利民，美國經濟學家，名稱見於一九六九年。

自由主義及其價值觀植根英國幾百載，香港作為屬地，亦受其影響。然而戰後英國掀起共識政治，社會主義興起，視代表維多利亞與愛德華時代之自由主義價值觀過時而且邪惡。

五〇年代初，承蒙葛量洪總督努力，香港得享事實上財政自主權（de facto），至一九五八年正式賦予法理地位，本埠一切經濟政策，倫敦將不予過問。此舉使香港避過英國左傾熱潮，成為自由避風港，未幾即吸引大量英商與自由主義者旅居營商。

至六〇年代郭伯偉爵士升任財政司（一九六一至一九七一年在位），將自由主義理念加以實踐，令自由主義經濟觀由理論，轉為實例。其十年施政令香港轉變為戰後世界上最自由經濟體，而繼位者夏鼎基爵士所設「積極不干預」原則亦源自郭氏經濟體系。故此，當代經濟學家佛利民赴港考察之際，大讚郭氏經濟，並指出香港案例珍貴，尤如自由經濟最後堡壘，因而得其美名。此外左傾經濟政策肆虐母國情況，七〇年代中下葉因自由主義回歸而倒退，一九七九年戴卓爾夫人拜相，戴氏以自由經濟學家海耶克理念與香港實例作為施政指南，重振英國。

13、東方之珠：民間俗稱，名稱見於七〇年代。

東方之珠係自七〇年代起家傳戶曉美稱，其意旨香港在遠東，尤其東亞地區之重要，作為亞洲四小龍及東方之珠，香港之所以有如此地位，乃由於此前百年間之基礎，乃前人一步一步栽種，東方之珠美稱得來不易。然而早於七〇年代之前，香港已由開埠初年荒蕪、象徵死亡之地，變為名人訪問勝地，訪港名人單就戰前已甚精彩（Hacker，1997），此時香港實際已經成為女王掌上明珠。

訪港名人之多，王室貴族例子有：

一八六八年：Prince Alfred
（時為愛丁堡公爵，未來薩克森-科堡-哥達公爵）

一八八〇年：Prince Henry
（時為德國普魯士親王，德國皇帝威廉二世之弟）

一八八一年：King David Kalakaua
（時為夏威夷國王）

一八八一年：Prince Albert Victor
（時為王位第二順位繼承人）、
Prince George
（未來國王佐治五世）

一八九一年：Tsarevich Nicolas
（未來俄國沙皇尼古拉二世）

一九〇一年：Prince Chun／載灃親王
（未來大清國攝政王，大清國皇帝溥儀之父）

一九二二年：Prince Edward
（時為威爾斯親王，未來國王愛德華八世）

名士翰林例子有：

一八七九年：Isabella Bird
（維多利亞時期著名旅行家）

一八八九年：Rudyard Kipling
（一九〇七年諾貝爾文學獎得主，詩白人負擔作者）

一九三六年：Charlie Chaplin
（傳奇伶人）

二、失去香港

環顧香港歷史，若集中審視經濟發展與民生轉變關係，容易有「福地香港，少災少難」此一結論。然而，除耳熟能詳，因太平洋戰爭早期戰敗淪陷，失去香港，一百七十六年歷史間，其實發生過多次「失去香港」事件。以下所述事件非但顯示香港一直存在境外威脅，而且亦可籍此配合上一章所提香港發展歷程，得知港府或英廷如何以靈活外交手段避免在威脅中失去香港。

1、香港開埠

承前章所述，香港最初作為英軍戰利品，於一八四一年一月廿六號由義律爵士宣佈併入女王陛下領土，然而其與大清國官員草簽穿鼻條約，非但不受大清國承認，而且本國方面亦有所不滿，拒絕承認香港地位，倫敦裁撤義律爵士官職（包括駐清商務總監與其自任之香港行政官），香港誰屬至此懸而不決。

義律爵士雖然認為英廷錯估香港價值，但由於經已免職，故唯有致函印度總督，詳述對香港及時務之見解，希望取得印度總督支持而令英廷改變主意。義律爵士重申必須保留香港島，而非外交大臣屬意之舟山群島（近長江河口），其中提到三點與香港極具關係。

A、法律層面

穿鼻條約已得大清國臣琦善答允（縱然大清皇帝並未允許），仿照澳門例子，予香港島英人聚居，而香港島一地亦於一八四一年一月廿六號起成為英國領土。

B、經濟層面

英商必須建立居留地以便營商，若放棄香港島轉為佔領舟山群島將延長戰事，不利貿易。

C、道德層面

貿易戰爭期間，香港島民因協助我軍，大清國列為「奸民」，現在因香港島受英國管治，島民得保安全，若放棄香港，等同拋棄盟友，此舉將為英國及島民雙方帶來不幸。

案例總結

由義律信函可見，香港經濟潛力並非自始即受大眾認同，因此，當義律爵士堅持保有香港時，不能只以傳統英國開辟殖民地作為商埠心態說服英廷，身為十九世紀自由主義者，認為香港對英國有利，而英國對香港有義，必須謀利之餘保障港島原居民安全，成功說服印度總督，致使一年後，即一八四二年貿易戰爭結束之時，所簽訂之南京條約大多符合義律爵士建議及請求。香港開埠後，這些華南沿海少數民族，疍家人亦得以自由安全、各展所長，例如一代船主郭甘章、上環富商盧亞貴與咤叱港澳何東家族奠基者施娣（Carroll，2013；鄭宏泰及黃紹倫，2011）。

此次事件為英國首次，亦是香港英治史上最後一次主動放棄香港。而從義律爵士之勇開始，其後往往在英國近乎失去香港之時，香港行政元首皆會捨身保護香港，或以職、或以命相搏。

2、毒麪包案

雖然義律爵士認為香港發展潛力甚佳，初年發展並未如其預期所想－甫開埠即成為遠東貿易重鎮（Carroll，2013）。非但如此，相對商賈紳士，早期香港更為吸引罪犯與流氓聚集。

除拓殖開發問題，大清國對香港島民曉以民族主義，渴望協力反英，亦係殖民地大患，例如有本地居民試圖向皇家炮兵團落毒，亦有中環街市縱火案。有見及此，時任總督寶靈爵士培養香港居民歸屬感（例如容許本港停泊船隻登記為英籍並懸掛英國旗），以抗衡大清民族主義。然而上述政策卻意外導致亞羅號事件發生（大清國官兵扯下商船亞羅號所掛英國旗），事後清英雙方各執一詞，最終爆發亞羅號戰爭（或稱英法聯軍之役）。戰時，大清兩廣總督葉名琛下令本港及廣州華人不得援助英人，並呼籲效忠大清，並以毒殺英人以明志，加劇民族衝突，並意圖籍此強硬驅趕「英夷」。

與廣州社會普遍認同兩廣總督相比，部分本港華人無視其呼籲，持續與英人貿易，上述人等隨即受到效忠大清華人恐嚇，以致一八五七年爆發毒麵包案。

毒麵包案源起自張亞霖之裕盛辨館。辨館當時包辦洋船及維多利亞城（即今日中西區一帶）麵包供應（元，1997），一八五七年一月十五號，多人進食辨館麵包後食物中毒，經查證發現含有砒霜，受害者多為歐裔，普遍認為辨館應大清國之籲，蓄意落毒謀害，辨館東主隨即被捕。

由於毒麵包案乃香港司法轉捩點，因此無論傳統左派觀點（如元邦建所著之香港史略及劉小清與劉曉鎮所編之香港野史），抑或非左派觀點（如錦潤所著之港督列傳及高馬可所著之香港簡史）皆一致記述法庭因控方證據不足，辯方律師必列啫士以疑點利益歸於被告原則，要求判處無罪，而其中受害者之一，首席接察司亦曾以「枉殺無辜無助於伸張正義」評論被告受審經過（Carroll，2013）。

之不過，受早前大清鼓吹之威脅，部分歐裔居民主張寧枉勿縱，包括時任律政司，促請總督以權推翻法庭裁決，然而最終港督力排眾議，表示必須尊重法庭裁決，堅持張亞霖無罪，事件方告平息。

案例總結

亞羅號戰爭前與戰時，大清國當局曾希望以民族主義拉籠港人，以收驅趕「英夷」之效（在英國角度即失去香港），香港卻因緣際遇出現鞏固司法獨立機會。毒麪包一案結果，就香港而言，除本港居民開始相信司法獨立與法律面前人人平等外，對定居地歸屬感亦有所增強；就大清國而言，毒麪包一案以後難再「重奪」香港；就英國而言，則成功面對開埠以來至當時最大危機，案件一令香港得以保全，二向國內與世界證明英國司法大公無私。

3、海員大罷工及省港大罷工

一九一二年中華民國成立，大清國覆亡。與大清朝廷推廣之大清臣民身份相比，中華民國（下稱中國）所推廣之「中華民族」，對香港居民影響力更甚。中國在經歷五四運動後，其產生之民族主義及排外心理比清末有過之而無不及，加上由共產國際傳入之共產主義思想，使一九二〇年代中國浸沉於「反帝反殖」民族主義與共產主義之中。與當時合法中國政府（北洋）相比，無論中國國民黨（下稱國民黨）與中國共產黨（下稱共產黨），皆視香港為帝國主義產物，中國有義務與需要光復與解放香港，結果，香港因而於一九二〇年代爆發多次大罷工。

A、海員大罷工

香港海員大罷工爆發自國共合作（一九二三年）之前，罷工事件總共兩次（錦潤，1983），一九二〇年爆發首次罷工，海員要求改善待遇，加薪百分之四十未果所致，後來經由港府介入與勞資雙方協議，海員得加薪百分之三十二點五，罷工方告平息。

一九二二年再次爆發罷工，由海員工會策動，工會一九二一年得中國國民黨支持方告成立（莫世祥，2011；高馬可，2013），罷工目的希望令渣甸及太古公司同意加薪百分之四十（錦潤，1983）及提出日後所聘海員必須由工會介紹，罷工期間香港幾近癱瘓，未幾海員工會派駐武裝糾察裁留九廣鐵路列車，阻止其運載食物到港（高馬可，2013），圖使港府投降。雖然罷工得國民黨支持與共產黨參與，之但係香港社會狀況未如工會想像，華洋商人皆支持港府，總督司徒拔爵士亦拒不屈服，故香港情況雖危，仍力保不失。由於國民黨，或稱廣州政府時值北伐，為免與英國衝突加劇，逐聯同勞資雙方及港府談判，協商平息罷工。

對於是次罷工，港府與社會評價為具政治圖謀活動，罷工除明顯得到中國政府（廣州）支持外，查實亦可見共產黨背景，總督所交報告提到廣州政府具布爾什維克性質（張俊義，2010），而三年以後罷工要員蘇兆徵加入共產黨亦彷彿可證；而共產國際方面則認為大罷工表現，顯示國共合作對中國「反帝反殖革命」非常有利，亦成為翌年蘇聯與國民黨合作近因（莫世祥，2011）。

B、省港大罷工

國共合作以後，廣州政府得蘇聯之助，達至其民族主義革命運動高潮。廣州政府在其境內鼓吹排外運動同時，亦希望以民族主義令在港華人反英，削弱英國勢力。

國民黨人首先在本港廣發反英傳單，又散播謠言指港府準備以毒藥屠殺華人，呼籲在港華人離港，企圖創傷本港經濟，繼而聯合推翻「英殖」。港人受屠殺謠言所騙而離港後，為達目的，廣州糾察隊阻止港人回港（高馬可，2013），後來更得到國民政府大筆財政資助，糾察隊於一九二六年初向香港邊防守軍開火，又展開斷糧行動（如同海員大罷工一樣，經由截留火車完成），使香港民不聊生，亦使英國幾乎失去香港。

所幸港府因吸取海員大罷工經驗，港督司徒拔爵士早已增加駐軍及興建儲煤倉等，穩定必需品供應，使香港未致全市癱瘓，再加上當時華洋各界出力協助政府，政府僱員近乎全數抵制罷工外，亦有市民參軍與擔任輔警，更有義工擔任醫務人員，救傷隊員，消防隊員，電車司機及各行各業有需要崗位。東華醫院則開設廉價食物攤檔，糧食補給則由社會自組之商業維持局從澳門、西貢（法屬印度支那）、上海租界、南洋等地入口。得香港社會各界支持，港督金文泰爵士（一九二五年接任司徒拔爵士）以談判與威脅反擊動武回應廣州政府，當時廣州政府準備北伐，與北洋政府開戰，衡量形勢後，同意港府磋商罷工事宜，終使開埠史上最大罷工結束。

案例總結

審視二〇年代，隨中國建立與國民黨崛起，中華民族主義興起，兩次大罷工由其煽動，使港府出現管治危機。然而，基於社會各界皆支持港府，才得以平安渡過危難。而一九二七年後中華民族主義更形升溫，英國先後失去位於中國之漢口租界、九江租界及威海衛，香港則因市民盡忠（參閱

第一章內帝國忠禎之地與第二章）與港督寧死不屈而倖免於難。

4、第二次世界大戰

英國首次意義上失去香港，即係香港保衛戰戰敗。二〇年代開始，英國已有感日本對香港有所威脅，故除以更新與鞏固香港防務外，包括更新沿海炮台要塞、興建啟德機場、建築醉酒灣防線（為戰間期英國最大海外防務工程）及組建裝甲車連隊，亦於正規軍以外，再招募香港指定年齡非英籍港人入伍香港，以充實香港防衛軍兵源（指定年齡英籍港人早於一九一七年起強制服役）。當時招募兵員族裔眾多，包括華裔、葡裔、法裔及混血兒。此後，因應日本於一九三八年佔領廣州，港府擴組民兵，如華人軍團及由退役士兵組成之曉士軍團；一九四一年開戰前夕，加拿大亦有派兵增援香港。

一九四一年十二月八號，日本發動太平洋戰爭，以三倍於香港守軍兵力，動用陸空兩軍南侵香港，其間戰役包括醉酒灣之戰（英格蘭、蘇格蘭軍團）、北角大捷（曉士軍團）、摩星嶺之戰（印度軍團）與黃泥涌之戰（加拿大軍團）等，皆顯示香港守軍為保衛香港浴血，但由於戰力懸殊，經十八日抵抗後不支投降，同年聖誕港督宣佈投降，未確應投降命令下，赤柱部隊打算引爆火藥庫與日軍同歸於盡，最後於十二月廿六號確認本港戰敗，決議遵從港督指令，方正式停火。

案例總結

除浴血奮戰外，正式失去香港前，英國有否盡最後一分力呢？如同過往幾次近乎失去香港經驗，戰時總督楊慕琦爵士亦一樣身先士卒。楊慕琦向日軍投降之時，日將曾詢問楊督有何特別要求，楊督以一句「懇請閣下保護香港婦孺。」回之，任由日方發落（十八日戰事研究社，2012）。二戰末年，蘇聯攻陷滿州國奉天（今中國瀋陽），發現總督關押於此，身體報告顯示總督曾受折磨，復任港督前必需返回英國療養。

5、英美中戰時談判

戰前，中國政府早以打算奪取香港（Whitfield，2001），其元首蔣介石甚至曾言：「香港乃革命政府第一敵人。」（鄭宏泰，2016）。戰時，中國乘與英、美結盟之機，試圖在日本投降後，繼承香港權益，而戰時港人、英國政府皆對戰後保留香港與否，作出不同意見，其中可從一九四二年至一九四五年間，審視英國何故再次幾近失去香港，又如何扭轉乾坤。

A、中國計劃

一九四二年英、美、中三國就對日戰爭結盟，中國首先要求英、美兩國放棄在中治外法權，兩國答允以後，中國繼而向英國追加一項涉及香港前途要求，中國希望英國可以放棄香港，或最少新界主權，但因戰時首相邱吉爾堅持下，中國權衡局勢利害，卒之擱置佔領要求。然而一年以後，乘召開開羅會議之機，中國成功取到美國支持，旋即再次提出香港戰後歸屬問題。

B、英國計劃

香港自一九四一年十二月末淪陷後，部分守軍逃離香港，加入英軍服務團（由淪陷前居港歐、華裔共同組成），此盡忠行為在不久發揮作用，亦一定程度加強英國戰後堅守香港決心，英國捍衛主權共分三個階段。

首先，一九四三年開羅會議召開前，殖民地部宣佈將在戰後保有香港；第二，因應殖民地部收到香港上流華人希望由英國而非中國統治香港消息，不久便成立香港計劃小組，以準備於日本投降後接收香港；最後於一九四五年，英、美、中三國再就香港歸屬問題提請討論，為回應挑戰，戰時首相邱吉爾兩度發表誓死不從論，指出若中國強行侵佔香港，英國將會以武力反擊。

案例總結

由晚清時代形成之中華民族主義，在經歷中華民國治下整合與發展，在二〇年代起經已影響香港社會。後來，國共合作蜜月期更使中國政黨無分你我（起碼就建制而言），共同策反香港華人反英歸順，雖然因二次大戰一度中斷，但於戰爭末期，仍可見中華民族主義者對佔領香港從未死心。然而得香港華洋居民堅持，鼓勵英國對中國採取強硬立場，繼而使戰時首相以：「欲取香港，必先跨過吾軀。」一句向中國提出最後通碟，致使香港在戰後得以保存，如同香江才子陶傑之生動比喻，香港幸運在於世局使香港得以延續舞會。

6、楊慕琦計劃

戰後，英國國力衰退，雖然香港作為遠東其中一個重要殖民地得以保留，但已無力在全球保持昔日帝國殖民體系。由印度起，馬來亞、非洲皆有脫殖獨立運動，與歐陸列強比較，英國並未主動阻止，反之以早在戰前已於白人開墾地（如澳洲、紐西蘭及加拿大）推行之自治領政體經驗，調節引入殖民地，推動殖民地自治及民主進程，繼而希望有意獨立者，能以英式體系而非其他體系邁向獨立（然而亦存在不少失敗例子）。而香港亦受益於當時思潮，一九四六年展開楊慕琦計劃，亦即香港政治改革計劃，同時亦係香港戰後首次政制民主改革。因計劃牽連甚廣，國民黨與共產黨雙方亦就此有不同反應，最終影響香港戰後發展。

A、中國（國民黨）方面

早在戰前，中國元首蔣介石已明言香港乃中國革命一大敵人（鄭宏泰及高皓，2016）。乘二次大戰終戰之勢，中華民族主義愈趨愈烈，重光前張發奎中國國軍借取道之名，在港操兵亦進一步鼓動香港境內中華民族主義。一九四六年楊慕琦計劃提出之時，可謂國民黨強盛之際，同年廣東參議會通過呈請政府「收回」香港及澳門地區提案（陳堅銘，2015），同年代亦有利用一九四六年之九龍騷動（Sebestyen，2014），以希望策動本港華人反英，達至「中華民國光復香港」。

此外，戰時英中爭奪香港主權，中國雖然稍作退讓，卻表示保留再討論權，意味中國查實並未放棄佔有香港。而由於任何政治改革將令香港人增加對港歸屬感，而非對中國民族主義有所感召，故此，即使中國（國民黨）方面從未有官方資料證實反對香港自治計劃，亦很有可能反對或最少不會支持。

B、中國（共產黨）方面

中國共產黨（下稱中共）建政之前，即尚與中國國民黨交戰之時，曾多次強調港澳並非其攻略目標，以圖使英國中立，不介入中國內戰。因此總督楊慕琦推行自治計劃之初，並未受到中共太大阻力。然而，到葛量洪爵士繼任總督，自治計劃步入最終草擬階段，卻同時乃中共建政之期，中共解放軍擊潰中國國軍後壓境香港，屯兵深圳河以北，惟當時中華人民共和國再次宣佈尊重香港現狀，不會進攻香港，未幾，港府宣佈為免受中共及境內中華民族主義者利用，決定中止自治計劃。

如此看來，貌似中共非但不是香港自治計劃流產禍首，而且連對香港政治改革，亦未如同國民黨一樣反對（高馬可，2013），甚至擬似欣然接受。然而，事實在於一九五七年，中國總理周恩來向香港工商界表示中國將有一日「收回」香港（陳惠芬，2009），而據當年英國解密文件所見，一九五八年其人並曾表明：「任何促使香港自治之改革，中國將視為引導獨立或作為如新加坡等自治領之挑釁行為。」。由此可見，中共曾明確反對香港自治計劃，而加上一九四九年至五〇年代初之邊境衝突，可見當時港府未必無考慮推行自治計劃可能加劇中共武力威脅，如同中國國民黨政府於一九四五年南擾澳門（陳堅銘，2015）。

案例總結

由此可見，不論中國內戰孰勝孰敗，中國對港政策基本無太大區別。

無論中華民國抑或中華人民共和國，可以容忍香港保持殖民地狀態，卻不可按英式自治政體邁進。故總督葛量洪認為楊慕琦計劃對當時香港弊多於利，便以市民不支持（只屬其中一個原因）為由中止自治計劃，意外避免英國失去香港，然而總督葛量洪深知自治計劃精神之重要，因此在其治下亦出現一定程度自治改革（見第三章），暗渡陳倉使香港脱離一般殖民地狀態。

7、五〇年代英中衝突

一九四九年中國易幟，與中國實際統治者社會主義新中國（下稱中國）相比，「播遷」台灣之中華民國政府（下稱國民黨台灣）雖然戰敗，對香港仍然存在安全威脅，五〇年代初港府必須同時面對來自國共雙方之威脅。國民黨台灣對港威脅主要在於其強盜海軍（陳志輝，2017），時以「對匪禁運，履行國際義務」為名，掠劫英籍民船（香港民船亦為英籍民船），而社會主義中國方面威脅規模則不止於此。

雖然中國內戰期間，中國共產黨再三強調無意進攻香港及澳門，與中國國民黨發動一九四五年澳門衝突及揚言攻略香港行為相比，態度比較溫和（陳堅銘，2015），但一九四九年末，中國內戰結果塵埃落定，社會主義中國除繼承中華民國大部分國土外，亦延續中華民國對香港野心，一九四九年至五〇年代，英國（及港府）與社會主義中國爆發多次衝突，以下將就中國（社會主義中國）與英國雙方部署及香港實際情況分析。

A、中國（社會主義中國）方面

一九四九年至一九五〇年參加韓戰前

一九四九年中國易幟以後，中國捨棄以民族主義號召（即中國國民黨方針），而轉而揉合馬克思主義，提出「反抗英帝」等口號，與香港隔岸展開心理戰。同年十二月，中國挑動香港電車工人，促成香港與新中國首次正式衝突。雖然電車工人罷工未遂，但其動員能力使英國正視新生中華人民共和國對港存在威脅，而且並不友善。至於對香港自治計劃，中國共產黨則與中國國民黨方針無異，均反對香港政制改變，往後甚至表示隨時可以派軍佔領香港，以阻止香港出現自治情況（Callick，2014）。

參加韓戰後與五〇年代

步入五〇年代，因應中國革命政策以「世界工人團結起來；支持社會主義兄弟」為宗旨，中國、蘇聯支持北韓侵略南韓，中英兩國處於交戰狀態。雖然中國官方表明無意在香港推動社會主義革命（實際上一九四九年及一九六七年皆有嘗試），但香港作為自由世界陣營，仍然成為中國或明或暗所謂「解放」目標，初時主要架設邊境喇叭，以言語威嚇等心理戰為主，例如揚言一旦佔領香港以後，將會向香港邊防守衛及其家人報復（高馬可，2013）；後來則發展至邊境武裝衝突（高馬可，2013），例如中國軍艦 3-141 號向位於香港軍艦 ML1323 號開火（當時位於香港水域）、中國岸炮部隊與護送民船德星號之香港軍艦交戰（當時位於香港水域）等（陳志輝，2017）。

B、英國部署及反應

一九四九年至一九五〇年中國參加韓戰前

一九四九年，中國內戰末期，因應中國國民黨戰敗在即，香港（與澳門）極有機會變成對抗竹幕國家最前線。為表示堅守香港，英國先後於一九四八年及一九四九年八月（中共建政前）兩次宣佈香港為英國領土，一九四九年五月倫敦方面決議增援香港（陳惠芬，2009），同年十月港中軍隊於深圳河兩岸對峙，幾有爆發戰爭危機。此外，一九四五年春由殖民 地部開始、一九四九年夏本地組織上書總督而抑起高潮之香港自治計劃，有機會激起中共不滿而引致衝突，同時為應對中共煽動罷工（十二月電車工人罷工），亦使港府頒佈緊急公共安全法，如一九四九年非常時期條例（陳惠芬，2009），以免香港赤化。

參加韓戰後與五〇年代

五〇年代起，中國（即中共當局）一方面與以台灣為流亡基地之國民黨政府在中國沿海交戰，另一方面參與韓戰支持北韓，其革命政策雖未明言，但卻幾有蘇聯式輸出革命影子；香港境內而言，一九四九年中國則曾借香港電車公司勞資糾紛嘗試赤化香港，有見及此，港府

（及倫敦方面）在對內及對外皆採取措施防範中國。

對內方面，港府於一九五〇年成立政治部，主要職責為防止顛覆香港政府，尤其赤化危機，危機並非遲於一九六七年共產暴動才出現，反之早於一九四七年已在港宣傳及培訓政治人才，此外於一九五二年，廣州有民眾要求入境香港被拒而引發暴力衝突，本地親共份子借事煽動反英，中共機關報人民日報亦有掀涉其中。此外，根據一九四九年Pathe紀錄，英軍加派香港駐軍與及進入備戰狀態，包括海陸空三軍，而且根據一九五四年Longines Chronoscope訪問時任港督葛量洪爵士資料，英軍經已吸收並檢討一九四一年淪陷經驗，過去日子（指淪陷以後至訪問之前）已經調整戰略，有信心可以抗衡中國侵略（Longines Chronoscope，1954）。

對外而言，由於部分本港民眾在一九五二年衝突已顯示至少一萬人效忠中國而非香港，可見英國統治並非想像中穩固，加上長期以來中國軍事威脅，尤其是邊境海戰（陳志輝，2017），香港地位更形危險。因此為求脫困，時任港督葛量洪爵士於一九五四年訪美，發表著名東方柏林演說（見第一章），成功令美國朝野認同香港對抗共非常重要。另外，英美就協防香港談判期間，亦有一說指倫敦方面有以放棄堅持允許中共入主聯合國中國席位，換取美國同意將香港納入共同防禦體系（陳惠芬，2009）。最後，一九五七年簽訂英美（香港）協防協定，訂明中國如南侵香港，美國將會派軍協防。

C、香港本地華人及中國難民情況

雖然英國（及港府）力阻香港赤化，但撇除第二點所提親共份子，大部分本地華人皆效忠香港（以及英國）而非中國。戰前百年管治，令不少本地人認同英國統治，例如何啟爵士；戰時及香港重光之時，本地上流華人更表明希望香港繼續由英國統治；戰後於一九四九年六、七月間，本地華人不論上流與否，面對中國即將易幟，非但並無追隨中國共產黨呼籲「反英反殖」，反之上書建議推動政制改革，繼續作為英國領土，亦有效忠英國之意味。

中國難民則因恐共而南來，對中國共產黨政府並無好感，故難以受本地親共份子及中國煽動。而雖然此類難民不如戰前本地華人般，長期受英式價值觀教化，難以如本地人一樣效忠，但因其到港係基於逃避「共產主義天堂」，對香港政府亦多無意見，上述情況亦有利管治及避免赤化。

案例總結

一九四九年中國易幟，中國並未因政權變更而軟化對港關係，國民黨台灣政府固然繼續反英政策，新中國政府亦意圖「解放」香港，實踐繼承自中華民國之領土野心。一九四六年起始之國民黨強盜海軍問題，雖然隨皇家海軍於一九五三年巡航台海而大抵解決，共產黨問題則相對難纏。一九四九年，經歷長江炮戰（紫石英號事件）後，雖然中共一再保證不會侵攻香港，但於同年年終（期時中共已建政），中共煽動香港親中份子，意圖削弱英國管治，雖然煽動失敗，但亦顯示中共態度曖昧，英中衝突實際如箭在弦（五〇年代中國在港澳挑起衝突已可見）。

然而，據一九四九年 Pathé 紀錄，中國曾提出希望與英國建交，雖並無證據直接證明英國確實以承認中華人民共和國為代價，以換取香港安全，然而有兩個講法或能佐證。第一為時序證據，一九四九年中共屯兵香港邊境、同年十二月動員香港親共份子反英、一九五〇年一月英國承認中共政權，同年中共宣佈現階段接受香港現狀；第二則為利益原因，英國承認中共很有可能是為保障其遠東利益（鄺健銘，2015），而賴以維繫利益者，正是香港此地。

8、共產主義暴動

中國在五〇年代嘗試南侵香港（高馬可，2013），在與英國及港府協調下，香港暫時得以避過赤禍威脅近廿年。然而，適逢中國境內爆發文化大革命，加上澳門爆發一二三事件左派動亂，鼓勵香港社會主義者於一九六七年發動共產主義革命，亦即六七暴動。不過港澳社會主義者早於中國支持下，各自於其定居地「反殖」，五〇年代至六〇年代間，港澳社會主義者之間競爭及借鑑，亦足證為六七暴動發生遠因。

A、港澳社會主義者

香港社會主義者，或稱親共份子，早於一九四九年便在港宣傳「反英抗殖」，然而，由於赤色中國方興未艾，仍然與國民黨在沿海各地交戰，對支援香港親共份子顯得有心無力。一九四九年十二月電車罷工、五〇年代初於香港境內對親國民黨份子滋擾如摩星嶺事件，即使有實際支持，成效亦有限。

與香港相反，親國民黨份子雖然於一九四五年借中華民國軍事威脅，得以於澳門自由活動（陳堅銘，2015），但隨葡中兩國於一九五二年衝突（關閘事件），中國以糧水要脅以致澳門政府屈服。再者，一九五五年應澳門開埠四百周年，澳門政府準備大肆慶祝，原本慶祝活動有利澳門政府樹威，但最後亦屈服於中國淫威之下（陳堅銘，2015），取消慶祝活動以至紀念品製作，最終只以大賽車活動草草了事，亦有葡人意識一九五八年起逃澳華人，存在將澳門變成中國信仰，由此可見，五〇年代澳門面對之挑戰，香港不可同日而語。而且葡國一再退讓，變相鼓勵澳門親共份子，使其相信若得中國實際支持，澳門「革命」必得大成，自此親國民黨勢力與親共勢力開始此消彼長。

香港親共份子對比澳門同志並未在「革命」有太多作為。五〇年代下半葉，便有意比照澳門經驗，借其口中之「祖國」（即中國）及香港政府當局肅清親國民黨份子，尤其於一九五六年九龍暴動，香港親共份子主動要求香港政府鎮壓親國民黨份子，其後亦得中國政府支持，官方聲明要求香港政府鎮壓，港府抗議中國干預內政，回絕之。雖然中國介入九龍暴動並未有太大影響，但與一九四九年電車事件相比，中國對港態度漸趨強硬，一收鼓勵香港親共份子之效，二證借鑑澳門經驗有利「革命」。

B、中國因素與澳門一二三事件

為安撫英葡兩國，中國一再指出其無攻佔港澳之意，但同時提及中國將於適當時候會收回香港，又強調港澳主權屬於中國。此說非但指出奪取港澳乃「民族義務」（就中華民族主義者而言，無關親共與否），又無定義何謂適當時候，港澳社會主義者無從得知實際時間，當中國於一九六六年開始文化大革命時，港澳社會主義者便以為時機已到，開始「革命」。

距中國文化大革命爆發約半年以後，澳門爆發一二三事件。一二三事件前因為由建築學校而爆發之警民衝突（氹仔坊眾學校事件），澳門親共團體籍此舉行座談會，指澳門政府有計劃虐打華人，宣揚「反葡鬥爭」理念，而事實則有所矛盾，例如出勤警員並無裝備鎮壓用警棍，顯示澳門政府並無鎮壓預謀（李孝智，2001），而澳督嘉樂庇承諾徹查事件，包括成立官民合組調查委員會（建煒，2017），亦無取納親葡華人提出「對華人應強硬、忌軟化」建議，危機似乎有望平息，然而澳門親共團體拒絕澳督建議，反之力主「反葡鬥爭」，決定擴大事態，十二月三號演變為暴動（事件得名於此），同日澳督嘉樂庇回絕陸軍司令施維納全面鎮壓華人之要求（李孝智，2001）。

十二月十號中國方面支援澳門親共份子，要求澳門政府接受親共份子所有要求、肅清澳門親國民黨份子以及向中國賠禮，澳門對比中國勢力懸殊，澳督屈服，近乎投降，澳門步入延續一年之社會主義時期（李孝智，2001）。事已至此，澳門親共份子理應順應時勢，完全「解放」澳門，所幸中國方面另有打算（利用澳門作為貿易渠道及避免香港政府過敏），一二三事件翌年中國即指令澳門親共份子停止攤渙社會（李孝智，2001），澳門政府復權，因此親共份子雖然勢力從此大增，澳門仍可以葡治地區身份繼續存在。

C、中國因素與香港六七暴動

香港親共團體有見及此，旋即派出學習團赴澳取經。澳門一二三事件五個月後，香港親共份子借一九六七年四月發生之人造花廠工潮為名，仿照澳門，同年五月成立港九各界同胞反對港英迫害鬥爭委員會(下稱鬥委會)擴大事態，暴動開始。

中國方面除有社論支持香港「革命」，亦派民兵於沙頭角越境，與香港邊境警察與守軍槍戰，射殺五名警員(七月八號爆發之沙頭角槍戰)，市面則出現傳言指中國即將南下「收回」香港，更為鼓舞親共份子，自此香港市面開始出現炸彈襲擊。有見及此，駐港英軍於八月發動Baskerville作戰(三軍聯合作戰)，堵破親共份子改裝為基地中心、軍火庫、戰地醫院之學友社及華豐國貨等地。失去大批軍火後，親共份子反而再擴大事態，港九各處鬧市街頭、電車、巴士以至戲院放置真假炸彈，未幾即於北角炸死一名女童（七歲）及其弟（兩歲），香港市民嘩然。

有見親共份子殺人謀害，商業電台主持林彬多次於大氣電波諷刺及譴責親共暴徒，林彬因而受到死亡恐嚇。八月廿四號，暴徒伏擊林彬坐駕，於其住所附近，連人帶車放火燒，林彬及其弟嚴重燒傷，最終不治。事後，「地下鋤奸突擊隊」司令部承認責任，同時得大公報讚賞。所幸香港市民並不認同親共份子，延至十二月，香港社會主義暴徒在其老大哥中國壓力下，中止暴動，宣「革命」失敗。

案例總結

與主流歷史紀載有別，赤色中國成立以後，雖然存在對港澳「長期利用」政策，但亦同時存在輸出革命影子。從港澳社會主義者在戰後初期表現，若無中國政府背後支持，實際亦難大規模動員，挑戰當時殖民政府。而中國於五〇年代與六〇年代對港澳社會主義者亦存在不同態度，兩個時代相比，五〇年代比六〇年代更為強硬，例如澳門方面之開埠慶典事件、香港方面之邊境衝突。而中國之所以於六〇年代改變態度，分別在澳門六六暴動、香港六七暴動最後關頭下令中止「革命」，亦關係其外交局勢。與五〇年代當時相比，中國一方受美國禁運、一方又與蘇聯交惡，英、葡兩國威脅頓成次要，反之為面對主要敵人（美、蘇兩國），更加需要利用港澳，因而制止港澳社會主義者，維持葡治澳門與英治香港地位，以符合利益。由此推論，若果中國共產黨民族主義尤如中國國民黨濃厚，中國可能早如印度吞併果阿（葡國屬地）一樣進佔港澳；又若果於七〇年代中美關係破冰後，港澳社會主義者方發動「反殖運動」，承接「脫殖潮流」，中國又可能早已吞併港澳。

9、香港主權移交

回顧近一百五十六年英治歷史，真正定義之「失去香港」，就只有二戰期間日治時期與一九九七年香港主權移交。近年多份英國解密檔案皆指，英國並非如廿年來坊間傳言所「出賣香港」，反之，英國及當時港府皆為避免放棄香港力挽。一九八四年聯合聲明簽訂後，香港幾近無望繼續留在英國版圖，於是英國及當時港府轉而於正式失去香港前，為香港鞏固基礎，以上皆會在第二章逐一探討。

第二章：脫亞入英

一、何謂入英

此前篇章皆有提到香港入英部分情況，而此處所指入英，並非指香港人完完全全變成一個與本國無異英國人，反之係指香港人習染英俗，無意之間已變成半個（Hampton，2015）甚至大半個英國人，歷史學家羅香林教授亦早於一九六一年著書略談香港人學術取態、言論主張以至民生起居，皆係混和東西文化（羅香林，1961）。敝除羅教授著作，英文書目則有一九六九年出版之香港經濟及公共事務科教科書，其中亦可見一二。

經濟及公共事務科（九七以後內容更改，以上獨指英治時代同名科目，下稱經公）為香港英治時期教育制度學科，從科目名稱觀之，貌似與身份認同及培養價值觀關係不大，但從其學科內容，此科正正為香港學生培養英式價值觀重要來源。

一九六九年經公教科書（公共事務篇）內容主要有十三章，首章為公共事務簡介，第二、三章為英國及屬土（殖民地）與英聯邦簡介，第四至十二章則集中就香港歷史與前人建設講述截至一九六九年香港社會、教育、文化、政治制度及其他大小事務，最後第十二章則講解聯合國由來與現況。故本書其實旨在教育香港人了解自己地方由來與知悉作為香港人之權利及義務，其次了解母國及英式民主，最後則以香港人身份面向世界。

因此，從教科書所見，本質確係一本華人脱亞入英指南。對比香港三大核心價值，即自由、民主及法治（Hampton，2015），此書皆有講解，例如民主方面則有西敏國會及本港市政局職能，自由方面則有言論自由、出版自由，法治方面則有香港憲法文件（如一八四三年列明之法律面前不論族裔人人平等）以及解釋法治概念如公平審訊、合理懷疑原則、司法獨立原則等。歷史學家馬翰庭教授認為所謂「香港核心價值」，即自由、民主及法治，無論香港人刻意掩蓋或意外忽略，都難以改變香港人最為珍惜價值實乃英式價值觀（Hampton，2015）。而以此教科書佐證，英式價值觀其實早藉由教育根植民間。

當然亦有少數極端例子出現完全入英情況，但無論馬翰庭教授抑或經公科教科書，皆係就普遍香港人而論。香港一百七十六年歷史之中，其入英情況，無論本埠與埠外文獻皆有提及，以廿世紀末研究而言，即有日本學者就研究香港戰後工業發展之時，一再強調英國在港推行華人英國化政策，比如成立英系大學，即香港大學（水岡不二雄，1981），甚至持中國共產黨史觀之中國學者，即使其擇文出發點認為香港係受英國「奴化教育」，卻有指香港文化環境長期由英國文化主導，中國文化其實與香港貌合神離，香港至多係「中西混合」（考慮實際香港遠古史，因在港東方文化並不局限於漢文化，宜以東西混合稱之），不可妄稱為完整中國文化地區（原文寫「完全中國式」）（嚴家岳，1997），與戰前十九世紀末軒尼詩前港督願景似有呼應。

入英過程，固然經歷過低谷與高峰，環顧整個英治時代，香港入英由開埠伊始，一九二〇年代至一九四一年步入其第一個高潮；戰後復穌步入第二個高潮；一九五〇年代又因中國南來難民而陷入第二個低潮；第三個高峰出現在一九六〇年代至一九七〇年代前，而餘波則延後至一九九〇年代。

1、一八四三年 香港憲法

雖然並無正式文件稱為香港憲法，英皇制誥、皇室訓令皆可視為香港憲制文件，其中清楚列明建立香港作為自由港中最重要精神－法治。一八四三年憲法提到法律面前不計族裔，一律平等，此條文乃係法律面前人人平等概念深入民心前奏。

2、一八五七年 毒麪包案

一八五〇年代香港發展未算急速，因此亦無大機會展示法治精神。卒之一八五七年，因亞羅號戰爭爆發，香港出現開埠以來最大宗食物中毒暨企圖謀殺案件，由於被告為華人（名張亞霖），此案幾有挑戰一八四五年憲法－法律面前人人平等理念之勢。為示公正，整個司法程序搜證與審問極度認真，經律師必列啫士力陳與總督寶靈堅持，被告無罪釋放（詳見第一章），一八五七年毒麪包案自此成為司法獨立與法律不分族裔佐證，公平法律亦帶動香港商貿繼續發展，法治可信概念開始深入民間。

3、一八六五年憲法修正案

一八六五年香港掀起一場喻為港版光榮革命之憲法修正案（Owen et al.，1973），除總督權力進而下放，一八六五年憲法列明本地華人有權任高級行政人員。因此此修正案除一般意義之族裔平權，亦間接體現本地華人入英進程，正如英國於一九〇二年廢除對日本不平等條約主因之一－文明開化。因此，本地華人參政並非始於一八八〇年代伍廷芳受任定例局議員，而係起始自一八六五年香港光榮革命。

4、一八八一年 華人入籍令

除此以外，在此時代，尚有一事幾有證明香港人脱亞入英程度。一八八一年，港府頒令非歐裔入籍法令，明令華人合乎條件即可申請歸化，華人攝影師黎芳於一八八三年即行入籍（Bennett，2013）。在此以前，除在港出生者及嫁予英籍人士者，華人移民即使生活如何入英入歐，亦不可歸化。整個十九世紀末

5、一九二四年 帝國展覽會

歸化法令推行四十年後，二〇年代先後兩次出現罷工，分別由中國民族主義及社會主義煽動（詳見第一章第二節），但一九二四年之際，香港

參與溫布萊帝國展覽會，卻係香港步入入英進程首個高潮。

A、展覽會簡介

帝國展覽會於一九二四年係北倫敦溫布萊舉行，展覽會喻為自一八五一年之後最大型展覽會。展覽會理念乃為增加帝國成員之間關係及增進之間貿易，因此展覽會並非純屬工業展覽會，如同國王佐治五世形容：「帝國各成員如同家族一樣。」（Clendinning，n.d.），展覽會實際係各地文化交流場所。

B、香港於展覽會情況

香港身為帝國成員，自然獲邀參加溫布萊展覽會，當時展覽專員為輔政司夏理德爵士，副展覽專員則由華人周壽臣爵士（當時未受封）及混血兒何東爵士共同擔任，三者之中則以何東爵士貢獻最大。

香港其時農業工業皆興，農業例如有東英學圃（鄭宏泰，2011），盛產蠶絲。重工業除有享譽東方之造船業[2]，尚有化學工業、機械工業等（楊國雄，2014），輕工業除一般手工製品諸如銀器籐具（鄭宏泰，2011），亦有製糖、紡織、食品加工、製紙、製革等大小業務（梁英杰，2017），工業製品甚至遠銷海外（楊國雄，2014；趙雨樂 et al.，2017），卻由於總督閣下（時任為司徒拔爵士）誤以為香港產品未足以展覽，故提請展覽統籌，希望香港展覽館以餐館作為主要展覽，以展示香港由大清國承傳之傳統東方飲食文化，以促進東西文化交流。

後來，何東爵士因在新界併入香港之初，已據有農地，其妻麥秀英將

[2] 一九四〇年紀錄可造一萬噸大船，而最初即一八四〇年代只可造八十噸船(Ingrams，1952），籍此亦可推算一九二〇年代情況。

之辟成農莊（即東英學圃），莊內種桑養蠶抽絲紡織，身為副展覽專員，何東爵士動議由餐館改為以養蠶抽絲此東方手藝作為香港館賣點，港督大表讚成（鄭宏泰及黃紹倫，2011）。

展覽期間除因隨團展覽員手藝精湛令歐洲人大開眼界，亦令香港形象大升，皆因香港館不獨東方餐飲，更有抽絲養蠶、其他小型工業展示，例如籐竹手藝、銀器雕刻、烟草製造等。何東爵士所提建議，令香港展館吸引大批旅客，主辦單位對香港展覽人員給予極高評價，贈銀杯以示欣賞及肯定其貢獻，一九二四年華字日報亦報導香港館統籌、何東麥秀英伉儷及一眾東英學圃展示技工皆以此為傲（鄭宏泰，2011）。

C、為何與入英有關

踏入一九二〇年代，英國與孫文所領導中國（廣州政府）不和，香港除成為英中之間競爭場所，中方亦不斷以民族主義嘗試煽動或策反香港華人反英（詳見第一章）。因此一九二四年舉辦溫布萊展覽會，香港各界積極參展，除可視之為香港主動與英國鞏固彼此之間關係，亦係成功回應中國挑戰。總而言之，就英國而言，展覽會為一個給予殖民地子民自願認同英國臣民機會，就香港而言，展覽會則係供香港人展現忠誠與國家認同關鍵（Zou，2012）。

6、開埠百年與戰爭

經歷一九二〇年代溫布萊展覽會後，香港社會直至一九四一年末淪陷，整個戰間和平時期，香港人對帝國臣民身份認同不斷昇華，尤其一九四一年開埠百年事件以及二戰期間經歷。

A、開埠百年

三〇年代末日本與中國交戰，亦有波及香港之危，英國因而調整香港防務基礎計劃（原案定於一九二〇年代），更新海防設施、增兵與修築當時海外領土最大軍事工程醉酒灣防線，因此即使英日戰爭如箭在弦，社會依舊一片昇平。一九四〇年香港政府計劃就香港開埠一百周年（一九四一年一月）慶祝香港繁榮百年成就，定例局（立法局前身）亦動議向倫敦致函以慶祝開埠與表示效忠，市面亦然，並無出現諸如二〇年代「反英反殖運動」。

B、戰爭

一九四一年十二月八號，英日開戰，至同年十二月廿五號聖誕節香港淪陷，史稱香港保衛戰。除此十八日英勇抗敵（詳見第一章），香港淪陷以後，香港軍民亦無因英國中斷管治而失去帝國認同。

軍人方面，戰前已有大批本地華人參軍，戰時奮戰之餘，香港淪陷以後，不少成功逃港華兵隨即（一九四二年）加入英軍服務團，繼續於中緬印戰區及太平洋戰區抗戰，而英軍服務團由軍情並非受中印緬戰區統帥中華民國政府統領管轄，反而直接聽命英國。就華人而言，香港淪陷後大可加入中國境內遊擊隊，並無強制依舊服從英軍之理，但其最後仍然選擇效忠英國，並與混血兒、英裔及其他族裔同袍共同作戰，可見於軍人層面，其帝國認同並非脆弱。

民間方面，日治早期，留港民眾（包括華人、混血兒等）皆採取不合作運動對抗日治政府（或至少不主動合作），於一九四四年更幔延至兩華會（日本在港咨詢機構）。

對英方面，一九四二年中國提出「收回」香港方案，首相邱吉爾嚴拒之，但中國野心卻已使港人心感威脅，因此即使當一九四三年殖民地部決定戰後不惜一切保有香港，民眾仍未感放心，故一九四四年以著名華人醫生李樹芬為代表，遠赴倫敦，表明華人願意香港戰後回歸英國，直至最後一九四五年首相發表「放棄香港，寧死不從」著名宣言，方才正式使戰後香港受中國佔領之危機一度解決。

C、終戰

比起一九四四年以上層華人為主之效忠宣言，下層華人盡忠之委在終戰以後方較常出現。縱然英軍入港，香港重光以後，香港部分華人希望藉英國國力大減而推翻香港政府，與中國合併，同時中國廣東咨局發表「收回」港澳宣言（詳見第一章）亦可能鼓舞上述中華民族主義者。而大部分華人則並無影響，多接受甚至願意香港續由英國統治。

此外，一九四九年，包含香港各階層本地組織，分別在六月（主要為非華裔），及七月（主要為華裔）向總督政制改革方案表達意見，其中特別提到效忠英國及香港政府，可見並非只有上層華人存在帝國認同，反之普遍見於各層各界。

7、香港西樂潮流

中國易幟與香港關閉邊境，成為香港發展轉捩點。由於受戰後社會主義威脅，舊有以帝國認同為中心之文化歸化政策難以延續，因此戰後香港，入英政策由硬性、直接轉變為軟性、間接，即以潛移默化為宗旨，其中可以從經濟及文娛探討。

A、經濟

如前述，香港自一九五〇年代初開始，得以財政自主，倫敦不再干預香港財政，故此逐漸形成經濟貿易避風港。戰後至一九七九年之間席捲英國之社會主義災難，香港倖免於難而得以保存戰前已發展之自由主義經濟，吸引英國商人湧港避難，以鞏固其經濟理念。

由一九五四年起，經一九六〇年代自由放任政策與一九七〇年代積極不干預政策，香港進一步內化蒞自本國之英式自由主義經濟哲學，無形中使香港人思維發展至類近此種哲學，其影響延續至今，英國稱之為比英國更英國之地。

B、文娛

戰後香港因有中國難民遷入，中國國語流行曲一度流行埠內，自一九六〇年代起，西風重臨，香港興起歐西流行曲熱潮，有研究甚至指出，追逐西曲熱潮乃戰後一代追求時髦、崇尚西方文化思想另一種表現（李信佳，2016）。

然而崇尚西曲並不為香港獨有，當時同屬資本主義陣營之台灣亦有，但為何獨指香港西洋風帶起入英潮流，而非台灣呢？香港為英國屬土，不如台灣由中國人統治，兩者對其國民追逐西洋態度有異，前者樂見其成，後者則恐其有損自身統治利益（例如文化衝突利害關係）。一九六〇年代，香港出現大量本地樂隊，創作英文歌曲及翻唱英西歌曲，當時本地樂隊所指，不獨英裔，而且包括華裔、葡裔及菲律賓裔等。至一九六四年披頭四訪港，更激化學習、模仿西洋，大批樂隊歌手湧現，創造香港史上最大的樂隊熱潮。

當一九六七年發生共產主義暴動，市民取態使得中國不論以民族主義抑或以社會主義反殖思潮，皆難以推翻英治政府，巧合亦給予英治政府更大信心，繼續其潛移默化、順勢而行入英政策，其中以一九六八年新潮舞會最為突出，主要表演嘉賓就有 Teddy Robon & The Playboys，一隊華裔著名樂隊。舞會亦令原本只流行於接觸英文較多之英文書院學生及階層，推展至不諳英文階層。一九六〇年代至一九七〇年代整整廿年屬香港西洋風時期，英西電影（俗稱西片），不絕於市，甚至本地公司亦有效法，例如邵氏公司。

二、歸化英籍

英國國民（海外）（下稱 BNO），為今日普遍香港人英籍身份。一九九六年主權移交前夕，部份市民更為申請歸化英籍發生衝突、爭執打鬥，然而，喻為英國最後禮物之 BNO 身份，一個為香港人特設國籍，長期皆受責為無用雞肋，然而為何出現如此爭議？BNO 又何以出現有限權利？以下將以英治時代香港英籍發展史略解。

1、開埠至一八八一年

歸化緣由

香港甫開埠，經已有有關居民國籍討論，港府原先主要跟從英國國籍法處理國籍問題，即與本國英籍定義無異。而香港作為自由港，外籍人士不斷移入，大清國而來移民尤甚，包括避秦之水上人及尋找機會之其他華人，大量外來人口無可避免造成外籍人士歸化權利問題爭議，港府先於一八七〇年解決非華裔外籍居民問題，繼而於一八八一年由時任港督軒尼詩爵士頒布非歐裔（華裔）入籍法令，香港華人英籍身份始而誕生。

2、一九八一年

英國屬土公民

自華人准予入籍，港府亦曾作出多次改革以適應時局，至一九八一年，因經歷兩次世界大戰及脫殖運動，英國版圖大幅縮小，為處理殖民地獨立後產生之各樣有關英籍問題，一九八一年倫敦頒布一九八一年國籍法令，將原本統一之英國及殖民地公民身份分拆，變成英國公民（British Citizens）、英國屬土公民（British Dependent Territories Citizens，現殖民地／屬地住民）及英國海外公民（British Overseas Citizens，即前殖民地住民）之類。而香港出世人士及已歸化住民國籍，即為英國屬土公民，簡稱BDTC。

3、一九八四年

中英聯合聲明

香港人英籍身份一直為中英談判期間一個重要議題。據英國解密檔案所示，香港行政局非官守議員曾於一九八四年二月上書倫敦，指出香港人希望可於主權移交以後，繼續世代保持BDTC身份，亦希望可以保持寫有香港字眼護照（即BDTC（HK）），希望倫敦可以代為向中國表達香港人意願。

未幾，倫敦回覆指談判小組本原已將爭取港人延後英籍納入談判項目，雖然倫敦表明將盡力爭取，但亦警告指中國會予以反對，故倫敦提出後備方案－保留BDTC（HK）一切功能，但變改名稱，以換取中方妥協，例如 British Associated Citizens（未有正式譯名）。

如倫敦預計，無論 BDTC 後方案抑或換湯不換藥之後備方案，中國均不予接受，並表達中國對香港人國籍立場，即一切香港華人將於一九九七年七月一號自動附加中國國籍。為回應中國頑固立場，倫敦轉移以香港人有權與英國保持某程度適當地位為名，指出不可剝奪香港人英籍，雙方協商之下，中國將不承認此新英籍為正式英籍，只視為旅遊證件，重伸香港華人由此至此皆係中國籍，即使其人自出世起已因香港關係成為英國屬土公民（Ingrams，1952；香港前途研究計劃，2017）。倫敦對此表示諒解，雙方同意日後除於香港特別行政區及中國其他地區外，新英籍護照持有者將享有英國領事保護權利。雙方對新英籍協議，確應於中英聯合聲明備忘錄。

4、一九八五年至今

新英籍發展

因倫敦暗渡陳倉，使中國保證香港人主權移交以後未至於喪失英籍，但創建新英籍期間，倫敦再次重提一九八四年 BDTC 方案部份要點，嘗試中國態度，例如提議新英籍包含香港名稱，但中國態度強硬，再次反對。卒之於一九八五年，倫敦制定香港法案，正式定名新英籍為英國國民（海外），中國威脅下，扭盡六壬而草創之新英籍身份。

二〇〇九年 BNO 身份於新國籍法案有所更新，無其他國籍 BNO 者，可登記成為英國公民，而因絕大多數 BNO 持有人於一九九七年七月一號始強制加入中國籍，故不適用於二〇〇九年法案。

5、一九九〇年居英權計劃

英治末年，尤其市民經電視直播目擊一九八九年中國六四事件，對香港前途大失信心，行政局議員再次表達希望延續香港人受中國承認之英籍身份（即 BDTC），而非中方否認之 BNO。倫敦礙於兩國就香港人國籍談判期間中國橫蠻態度（談判期間中國不只一次提出不惜一切「收回」合乎其預期之香港，否則不排除隨時推倒談判），只以道義原因，給予部分香港家庭居英權，而合乎預料，中國指責倫敦違反中英聯合聲明，不予承認居英權計劃下給予之英籍身份。此後，主權移交前尚有部分國籍修正，如軍人安置（一九九六年）與非華裔安置（一九九七年），因受影響人數有限，故不在此一一詳述。

三、香港自治

香港自治進程不只戰後初年之楊慕琦計劃，而係由開埠早年開始，一個循序漸進變遷改革。香港開埠之初，隨皇室訓令於一八四六年頒布，港督開始依照上述憲制文件管治香港。雖然憲制文件定明港督權能，勒令港督不可頒布苛法（Owen et al.，1973），港督權力依然龐大，憲法賦予之權，使其有能力無視行政與立法當局，形成獨裁體制（實際並無發生）。

1、光榮革命

光榮革命係指英國於十七世紀一場約束王權無血革命，以簽訂權利法案，保障英國子民利益告終，英國人視為英國憲政轉捩點，象徵英王權力不放至議會。百幾年後，英國殖民地香港亦發生一場喻為香港光榮革命，即權力下放事件。一八六五年，香港憲法修正，與開埠早期相比，總督權力下放，分拆經濟、行政及軍事權力，總督不再獨攬大權，權力互相制衡，自此香港再難形成獨裁危機。

2、市政局成立

開埠初期，香港衛生欠佳，尤其華人聚居地區（如太平山街區，今西環一帶），然而無論成立衛生委員會（一八四三年），抑或邀公共衛生專家研究檢討，甚至華人主動嘗試依照歐洲方式改變住屋規劃及生活習慣，皆無多大成效，有見及此，港府終於就一八八二年查維克公共衛生報告書建議回應，於一八八三年成立香港首個涉及市政議會職能之潔淨局。

至一八八八年，潔淨局改組，當然成員以外，新設兩名議員，議員經由合資格選民（差餉繳納者）選出，造就香港史上首次選舉。往後，潔淨局亦多次改組並擴展職能，以應對愈來愈多疫症威脅（包括本地與外地源頭），例如一八九四年由大清國傳入之大鼠疫。

廿世紀初，潔淨局不再並非單純處理公共衛生問題，職能甚至包括其他市政事務，因此一九三五年港府通過市政局條例，正式擴大職權及正名。香港至此正式出現中央政府（行政、立法兩局）及地方政府（市政局）分層議會。

3、殖民地部改革方案

一九四一年聖誕，香港淪陷，開始日治歲月。英國在戰時重申戰後收回香港立場同時，亦檢討香港淪陷原因，發現雖然華人一定程度脫亞入英而且忠誠，又熱烈應徵參加志願兵，但香港政府並未因熱烈人潮大幅擴大華人軍團招納人數，未能盡用華人兵源，故認為必須在戰後，應該容許及鼓勵入英華人參與更多殖民地事務，終於一九四四年提出殖民地部自治案，此案亦可視為戰後香港民主化與自治化前奏。

4、第一次自治嘗試

承接一九四四年殖民地部方案，港督楊慕琦爵士由滿州歸埠，隨即於一九四六年宣布改革香港政治制度（劉兆佳，1988），即香港自治計劃，意欲使香港隨聯邦自治計劃（Self-government within the Commonwealth）理念改革（Ingrams，1952）。

楊氏政治改革主要希望承襲戰前澳、加等地自治計劃，回饋戰時本地華人效忠之餘，亦希望籍給予更多參政權，進而加強英國認同，以穩定統治。計劃提出行政、立法兩局均增加華人議員，成立一個三分二議員皆為華人之市議會，而母國只保留財政及防務控制權，最終令香港成為英國自治屬地。

倫敦雖於一九四七年批准，繼任葛量洪爵士亦無完全否定楊慕琦計劃，更就一九四九年本地華人及英人要求，修訂為葛量洪自治方案（倫敦不久於一九五二年批准）。葛量洪爵士卻因中國威脅而廢止香港自治計劃（詳見第一章）。香港自治計劃雖然夭折，但畢竟屬戰後英國屬土首個自治改革，縱使未有實質證據顯示，亦可能因而影響到英國對其他屬土自治計劃，而單就本地而言，自治計劃則在葛量洪爵士治下化整為零，延續部分改革精神。

5、財政自主權

楊慕琦計劃因中國因素而告吹，香港似已喪失自治機會。之但係，一九五〇年代初，葛量洪爵士與倫敦爭辯下，使香港取得事實財政自主權（de facto），無須將預算交予倫敦審查，港督得以更為自由管治香港，亦變相提升香港自治地位，後來倫敦左傾政策亦因香港敗政自主法令所限，多任港督以此為由，使其未能干涉香港內務，此項權利於一九五八年正式以法令確認。

6、地方行政計劃

由楊慕琦爵士至葛量洪爵士年間自治嘗試，皆係對上層議會或統治層改革，但於一九八〇年情況有變，時任港督麥理浩爵士發表地方行政模式綠皮書，倡議設立下層議會，一九八一年公布地方行政白皮書，正式宣布今後香港三級議會制度：上層（即第一級）為行政、立法兩局、中層（即第二級）為市政局、下層（即第三級）為新設之區議會。

雖然各層議會未有全面直選，但亦初步定下香港完整議會制度模式，對往後民主自治發展非常重要。

7、第二次自治嘗試

地方行政計劃推行不久，英中兩國終於於一九八二年正式展開香港前途談判，談判初期，中國即表達其對香港主權及治權立場，警告英國切勿未與中方「協商」，貿然改革香港政制，否則將視為部署香港獨立，直至一九八四年，倫敦仍然試圖達成香港自治，其嘗試可見於英國解密文件及香港文件（代議政制綠皮書）。

英國解密文件

正如前述，倫敦方面在戰時已有引入英式自治制度（西敏）打算，擱置近四十年以後，終於一九八二年因英中談判而一度重啟，倫敦再次嘗試中國對香港自治反應，卒之於一九八四年六月，外交部向首相提出四個「未來港督」方案，包括：

方案一：保留由倫敦委任

方案二：香港本地民選，擁有全面行政權力

方案三：保留由倫敦委任，但另設本地選舉產生首長，總督只如國家元首存在

方案四：香港本地民選，但並無國防、外交權利

各方案皆附含西敏政制改革進程，分別只為程度差異，權衡利害之後，倫敦認為方案三最合乎各方利益，即認為在英方（西敏制成功推行）、港方（港府高層具民選成份）、中方（增加港人治港經驗，對九七後選出行政長官有利無害）。當然，由於中國反對任何香港政治改革，皆因損害其利益（即使事實對中方有利），因此倫敦提出方案三之時，亦表示並無信心說服中國，但同時首相亦指出中國可能對方案四較有興趣，今日看來，除將民選改為選舉或協商選出行政長官外，與方案四亦幾有相似。

倫敦提出方案三同時，並非天真認為中國會全盤接受，但仍於一九八四年七月（方案呈交日期為六月廿五號），在港頒布代議政制綠皮書及暗示：「將來甄選港督候任人方式，一個可能辦法：可按照選舉程序選出；舉例而言，可組成選舉團，成員由行政及立法兩局全體非官守議員擔任，經過一段時間互相磋商，再選出港督。」，即保留香港民選港督權利（劉兆佳，1988）。

然而，十一月頒布之代議政制白皮書（其時中英聯合聲明已草簽），指出因中國反對，綠皮書提及之港督選舉法（甚至中英談判之倫敦方案）皆受指違反聯合聲明，中國亦認為如果倫敦堅持，即等同「侵犯」中國對於香港之主權，因此白皮書刪除港督選舉方法，只集中改革議會部分，雖然首長選舉停滯（即如倫敦方案一），但仍然使香港應用代議政制，正式開啟香港代議時代。

8、彭定康改革

歷一九八〇年代至一九九一年多次政制改革，香港慢慢適應代議政制，當一九九二年彭定康男爵（當時並未獲授）赴任香港總督，旋則提出議會民主計劃。

彭定康男爵首先建議將投票年齡由廿一歲降至十八歲，繼而全面直選第二層議會（市政局及區域市政局）及第三層議會（區議會）、改第一層議會（立法局）功能組別法團投票為個人投票制，又引入新九組（九個新功能組別），變相直選。彭定康改革雖然獲得倫敦支持（文希，1993），香港擁戴，但卻受到中國反對，最後香港正式推行彭定康政制只有一次直選（九五直選），九七移交以後再無延續。

9、香港自治回顧

香港政制改革其實自古以蒞一直循步漸進，有時因自身發現問題而改變，有時則係國際時局挑戰而變更。戰後英國開始於各殖民地撤退，採取方法往往希望以西敏方式，依照程序協助各殖民地獨立，程序有如下表（劉兆佳，1988）：

A：協商性政府（Consultative Government）

B：代議制政府（Representative Government）

C：半責任制政府（Semi-Responsible Government）

D：責任政府／自治政府（Responsible Government/Self-Government）

E：自治領[3]（Dominion）

F：獨立（Independence）

[3] 自治領為獨立最後一步，即有實無名之獨立國家。

就香港而言，從一九四四年戰時改革方案可以看出，英國其實早有將西敏政制引入香港打算，審視香港歷史，由葛量洪爵士改革開始，香港已由協商政府慢慢轉移至半代議制；再經麥理浩爵士推動而漸漸轉移至代議制；雖然一九八四年代議政制綠皮書所提總督選舉方法夭折，香港失去成為自治政府機會，但英治末年彭定康男爵政改計劃，仍鞏固香港半自治政府地位。

雖然中國攻府一再干預香港民主發展，最後香港仍然體現部分西敏制精神。而由於缺乏中國因素，與香港地位相當之部分英國屬土，諸如直布羅陀、開曼群島則正式成為自治政府，命運與香港截然不同。

第三章：若無九七

一、移民首選地

香港開埠，在港越族水上人終享自由，其自由之風亦吸引大批受大清國傳統社會排擠者移入（施其樂，1999；鄭宇碩，2017），未幾貿易不絕，故吸引各地商賈遷入；自社會日趨富有，法制，基建，工業以及教育轉趨完善，越來越多各地良民移民至此，社會百花齊放，極其精彩。

戰後百廢待興，未幾鄰近國家戰火又起（即指中國內戰）。戰事以中國共產黨勝利告終，而香港逐漸成為遠東柏林，作為對抗社會主義之最前線，自此，香港成為亞洲，以至本國嚮往自由者理想移居之地。故此，為方便了解香港現今狀況，以下將分別以內政及外交國防簡述。

1、內政

教育

現今本港教育制度原則來自英格蘭教育體系，即三三二二學制，即三年初中，兩年高中（O-Level 會考課程），兩年預科（A-Level 高考課程）及三年大學。而香港學制較為特別之處，主要有升學階梯保護網及英文教育。

升學階梯保護網方面，基於本港施行三二二三制，故整個中學時期可分為三個階段，即初中、高中及預科。每個階段皆有對學生評核，以測試學生合乎升讀下一階段資格與否，然而只有高中升讀預科階段及預科升讀大學階段設有公開考試，即高中會考及預科會考。假若學生未能符合升讀要求，本港亦設有安全網以供學生進修，所謂安全網其實是指升學階梯，例如學生未能升讀文法學校（即傳統預科）情況下，仍可於工業學校修讀專業課程，未致失學。

英文教學方面，因本港為英國海外領土，英文屬本港官方語言之一，故除少部分因應學生程度調整之學校外，本港大部分中學皆以英文作為教材語言，而香港特別之處在於同時存在第二官方語言（即白話），因此中學教育所用教材多係英文，但授課則往往以白話輔之（水岡不二雄，2001）。大學、工業學校或專業學院則為本港高等教育機構，基本以英文作為教學語言。

政制

本港政制與其他海外屬地相似，總督以外，設有 Chief Minister（或譯首席部長），總督名義上代表香港，而實權在於民選之 Chief Minister。

議會方面，則比較複雜。本港議會共分三級，包括立法局、市政局（新界為區域市政局）以及區議會。由於三級議會性質及管轄範圍有異，因此亦較能就立法、市政、康樂文娛，以致地區改善工程更新法則或訂立新法。此外，各級議會議員皆為民選，故議會雖於具立法市政地區事務等各方面權力，本身亦受選民監督。

國籍

由於本港為聯合王國轄下海外領土，根據一九八一年國籍法令，香港人國籍為英籍（英國屬土公民），而自二〇〇二年國籍法令生效後，香港與其他屬地易名為海外領土，其國籍名稱由屬土公民改為海外領土公民，護照則印有聯合王國及所屬海外領土名稱，故本港英籍子民所持護照同時印有國名與香港一名，與前屬土公民護照相似。

而基於二〇〇二年國籍法令，各海外屬地公民（除特殊情況如印度洋及塞浦路斯海外基地）雖然持有與本國相異護照，但其享有權利相當，海外屬地公民均可居於本國，此點同樣適用於香港。

語言及文化

如前述教育一欄，本港以白話（粵文）及英文為主要語言，其中由於歷史緣故，香港粵文及於香港通行之英文皆有異於其他地方。香港粵文由於長期受英文影響，大量源由英文之字詞直接以音譯為本港粵文用語，例如的士（Taxi）、士多（Store）、多士（Toast）等。此外，與另一海外屬地直布羅陀相似，本港亦發展出混合用語情況，有皮欽語型態如 Hello-ah 等情況，其中 hello 係英文，ah 係白話助語，又有港式英文，即應用白話言談風格之英文，常見有於問句附加選項，例如 Are you going not going to the movies?，其中 not going 即係附加選項（Wickman，1975），而最為常用者，卻係另一種型態。

與直布羅陀比較，直布羅陀話係西班牙文及英文混用，稱 Llanito，香港雖無獨有名詞冠名，但港人日常用語多使用混合語言，而非單一語言（純粵文或純英文），港人以粵文傾偈期間所用英文，多以形容詞或名詞為主，使用動詞時，則多以順口（即因為懶而使用更輕鬆發音，如一般情況下港人少用「幫我用 printer（名詞）印啲嘢」，而多講「幫我用 printer（名詞）print（動詞）啲嘢」。皆因上述兩文混用，乃係港人長期與英文同居之歷史因素所形成，與近年流行於中國、台灣等地「中英夾雜」用語有異，反之存在規律，並非為加而加、無中生有。此外，亦因英粵文化交融，除英文字詞融入日常粵文用語外，部分粵文字詞亦成為正式英文字，如 milktea，亦有部分原創自香港英文字詞，如海旁 praya（原文為葡文，解海灘，後香港由澳門借用，改字義為海旁，因此以英文而言，亦可視為香港英文字）。正如日本戰前於庫頁島發現之語言現象，各種語言於同一地區互相接觸而形成新語言變種（安田敏朗，2016）。

2、國防

本港防衛部隊主要由駐港英軍（包括香港軍事服務團）、皇家香港軍團（義勇軍）及皇家香港輔助空軍組成。駐港英軍由本國國防部管轄，香港軍事服務團則屬駐港英軍轄下部隊，而皇家香港軍團直屬香港政府保安科管轄。

本港防衛部隊主要職責分為四項。第一，保衛香港水陸兩路邊境安全及完整，以免非法入境者湧入；第二，當皇家香港警察人手不足以維持本地治安，總督可要求本港防衛部隊協助維持治安；第三，當香港面臨大型自然災害，本港防衛部隊會聯同其他民防部隊（如民安隊）協助救災；第四，本港防衛部隊會協助新界及離島偏遠地區村落興建道路及引進電力，以便村民穿梭城鄉，同時亦與村落保持良好關係，防止共黨滲透村落並顛覆本港管治。

早於十九世紀八〇年代，已有不少港人受僱於皇家工程隊，負責建造兵營及防禦設施；一九三七年，皇家炮兵隊正式招募本地人入伍；一九四一年，香港華人兵團正式成立，協助本地英軍共同防禦香港；同年香港淪陷後，本地軍人逃至盟軍控制地區，成立英軍服務團，繼續為盟軍提供本港軍事情報，亦有部分軍人則前往印度，加入新成立之殲敵部隊（Chindits），於緬甸開展敵後破壞任務；戰後一九四八年，香港華人訓練隊因應需求成立，成為香港華人加入軍隊正式途徑，一九六二年訓練隊易名為香港軍事服務團，香港軍事服務團曾於一九九一年至一九九二年間赴塞浦路斯執行聯合國維和任務。

本港防衛部隊並非只由英裔及華裔組成，以皇家香港軍團（義勇軍）輔助防衛部隊為例，尚包括印裔，歐裔，歐亞裔港人，同時亦包括社會不同階級，從洋行大班到本地公司文員亦有。此外，駐港英軍亦並非純由英、華兩裔組成，其中亦有尼泊爾裔，即精銳部隊踞喀旅（Brigade of

Gurkhas），踞喀兵以其彎刀和格言「寧死不做懦夫」聞名，主要駐紮香港邊境，攔截非法入境者以及保衛香港邊境安全。一九六七年中國文化大革命盛行之際，港中曾爆發沙頭角邊境衝突，當時即由踞喀兵封鎖邊境並控制局勢。

軍民關係方面，駐港三軍每年定期皆開放軍營以供市民入內參觀，讓本港市民能加深認識軍隊之職責，開放日亦設有體育表演，令市民可以一飽眼福，大致而言軍民關係相當融洽，軍隊嚴守軍紀亦使其聲譽甚佳。

3、外交

英國與海外屬地

基於英國政制，英國與其海外屬地同屬一個國家，卻又彼此存在差異，故此，各海外屬地與英國本地之間存在多項交流事務，計有教育、衛生及體育文娛等。據二〇〇二年出版之海外屬地報告，國籍法令改革，使海外屬地居民享有本國居留權，亦使國內之間交流日深。

英聯邦

與建制之海外屬地有異，聯邦類似其他國際組織，與海外屬地間之國內交流有異，其規模較大亦較為多元，顧及大部分聯邦成員國皆為前英殖民地或與英國有特殊關係地區，成員遍及歐亞非美及太平地區，體育交流上尤如較細規模奧運會，本港亦有運動員曾經在此奪標（如一九九〇年聯邦運動會羽毛球混合雙打金牌），而參與聯邦運動會亦使本港運動員得以參與更多不同規模賽事，由挑戰國內賽事、至洲內賽事（如東亞運動會、亞洲運動會），到國際賽事（如聯邦運動會）及全球賽事（如奧運會）。

當然，海外屬地間交流合作，例如教育、衛生教育及其他方面，聯邦成員間亦同樣有所交流，以教育為例，本港有三所大學為聯邦大學成員，包括香港大學、香港中文大學及香港公開大學。

葡語國家共同體

與聯邦相似，葡共體係以葡文或葡文化為相連而形成之國際組織，相對葡國屬地澳門而言，本港與葡國雖然關係較淺，但葡國仍然為云云外國之中與港關係最深國家。相傳於十六世紀，本港曾有部分領土受葡國統治，即使敝除此說，其實自開埠之初，經已有不少葡人移居香港，經商有之，為官有之。一九二〇年代，九龍除油尖旺市區以外，尚甚為荒蕪，葡人率先開拓此地，今日東九龍一帶繁華可謂葡人之貢獻。戰時，葡國本國屬於中立國，與本港無同盟或敵對關係，本港葡人雖可避居澳門，但為數不少葡人卻加入香港防衛軍，參與香港保衛戰。

故此，本港與葡國關係非淺。故本港未來可能以葡共體觀察員身份加入，以促進本港與葡文國家之間之貿易、交流與合作。

中國

香港與中國相鄰，自開埠起，其貿易經濟交流極多，除卻中國易幟至中國改革開放前之極左時期，港中之間貿易可謂不絕。九七問題解決後，因英中之間矛盾解決，有賴於英國法治與管轄，香港與中國貿易接年倍增，延續一直以來之貿易夥伴關係。

二、九七代價

第三節以香港移民簡介方式寫成，雖然以史實佐證而寫，但由於假定年代為延續英國統治之一九九七年後社會，實際可視為對平行時空下香港狀況之狂想，故此就學術而言，可謂並不存在太大參考價值。因此，本後記將略談各文獻史實，旨在說明海外屬地自治史與及一九九七年後中國始政，香港所失去之機會。

BOT（全稱 British Overseas Territories，譯英國海外領土），前稱 BDT（全稱 British Dependent Territories，譯英國屬土），香港於一九九七年七月一號前，其地位如同位於世界各地屬土一樣，其民同為英國屬土公民。英國屬土公民國籍曾經歷多次重大改革，其中以一九八一年國籍法令與二〇〇二年海外領土法令至為重要。一如前述（見第二節），一九八一年法令將本國公民與屬土公民定義分開，創立屬土公民身份，使本國公民與海外屬土公民身份區隔，而廣義而言無論何者皆仍然為英國國民。

由於此種區隔，英國屬土公民往往受責，指其為二等公民，故此二〇〇二年通過新法令，除英國屬土易名為英國海外領土外，公民身份權利亦得以提升，基本上已與本國公民無異矣。香港問題不幸存在於一九八一年法令與二〇〇二年法令之間，故此，因當時缺乏足夠資料情況，有部分評論認為一九八一年法令係為放棄香港人而設，而因香港問題最終於一九九七年正式解決（中止英國屬土公民（香港）身份），英國自然可以重新使屬土公民平權，即二〇〇二年法令內容。然而，假若以上評論假設屬實，英國理應並無必要在港推動自治及民主改革，此前數年，香港自治史早已訴說英國對本港政制改革之貢獻，而與其他海外屬地比較，香港又處於甚麼地位呢？

1、直布羅陀

直布羅陀位處歐洲南端，北鄰西班牙，南扼地中海，與香港類似，皆是作為商港與戰略要地而開埠。另一點與香港相似者，西班牙一直宣稱「直布羅陀自古以來乃其領土」，與英國存在領土爭議，結果於一九六七年，直布羅陀人發動公投，超過九成支持延續英國管治；一九六七年直布羅陀憲法通過，直布羅陀籌組自治政府。其後直布羅陀人亦多次公投以示留英決心。

2、福克蘭群島

福克蘭群島位處南大西洋，彼鄰阿根廷，與香港及直布羅陀相似，阿根廷亦與英國存在領土爭議，阿國一直聲稱擁有群島主權，結果於一九八二年發動戰爭，意圖吞併群島，英國未幾派出遠征軍，擊敗阿根廷，光復群島（香港人亦有參戰）。一九八二年爆發福克蘭戰爭，終戰後於一九八五年通過憲法，自治成形。此後，亦有公投以示留英意向。

3、百慕達

位於北大西洋之百慕達，雖如直布羅陀和香港般，皆是為商業而拓殖之領土，幸運者如百慕達，不似直布羅陀、香港及福克蘭群島，現代並無領土爭議，其地理位置位於歐洲至北美航道之間，其意義如同直布羅陀扼地中海出口、香港位處東南亞與東亞之間一樣重要。百慕達於一九六八年通過憲法，以籌組自治政府。

4、開曼群島

如同香港今日地位，開曼群島為世界上其中一個重要金融中心，其位處北大西洋，於一九七二年通過憲法，施行自治。

與香港關係

如就坊間一般持反殖民政府史觀而言，往往認為香港改革始於六七暴動終結，麥理浩爵士赴任之時，事實就前數章所述，英國政府其實自戰時已經計劃香港自治，因此與其他海外屬地比較，香港於戰後一九四七年所提自治計劃幾有前瞻，雖然並無直接證據顯示香港自治計劃與各海外領土自治進程有關，但可以肯定就時間點而言，香港乃係極早列入自治計劃之領土，甚至比不少後來「脱殖」獨立之殖民地為早。

回顧香港自治史，若無中國因素，香港亦會如其他海外領土走上同樣自治道路。然而九七以後，除民主毀壞（如廢除市政局），香港與其他海外領土比較之下，本港失何機會？正如前述，香港自一九九七年七月一號起失去海外領土身份，首當其衝，英國對各海外領土之改革將不再包括香港；第二，英國與海外領土之間之貿易協議亦將不再包括香港；第三，以與英國及其前殖民地共襄之聯邦運動會（國際賽事），香港亦再無緣參加；第四，英國與海外屬地之間對文化保育、環保及人權等相關協議及日後修訂，亦再與香港無關。

附錄

後話：一九五八年，現代香港奠基年

冷戰伊始，美蘇之間分別組成資本主義陣營及社會主義陣營，表面上雖然二元對立，實際上亦有部分資本主義陣營國家推行社會主義，例如英國。

英國戰時作為抗納粹極權主義主力之一，又有戰時首相邱吉爾爵士及經濟學家海耶克一再警告國家社會主義（即納粹主義）與社會主義本質相似，皆為反自由理念，但戰爭造成破敗與民眾前途不安，始終未能避免社會主義利用民情肆虐英國，右派包括保守黨亦遵從工黨帶起之全國左傾運動，例如接納國有運動。

而英國大吹左風之時，卻成就香港成為不受左傾英國歡迎人士避難所，即「舊時代資本家」及「舊時代知識份子」。據馬翰庭教授所著一書 Hong Kong & British Culture 1945-97，香港由於保持戰前舊英式經濟觀（即維多利亞經濟觀），令避難至此英國人感受甚深，認為香港繼承「現代英國」（即指五〇年代至七〇年代左傾時期）所失去之核心價值，因而享譽為比英國更英國美稱。

為何香港即使於英國建制之下，仍可獨善其身、保留傳統價值呢？答案就在於一九五八年。一九五八年，冷戰已經開始，與歐洲鐵幕相似，亞洲出現竹幕將共產世界與非共產世界分開，歐亞皆出現抗共最前線，歐洲乃鐵幕前西柏林；亞洲則係竹幕前香港。非常諷刺，本國成為鐵幕以外最接近社會主義國度之已發達國家同時，香港卻成為地理上接近社會主義大國、但理念上最遠離社會主義之地。

香港政府抗議倫敦政府干預內政由來已久，開埠之始已由首任行政官義律開其先河，漸漸變為我埠傳統。自一九四八年起，時任總督葛量洪爵士不斷以港督名義向倫敦抗議，直接奠定香港今後地位。一九五〇年代初，香港實際已脫離倫敦（殖民地部）控制，一九五八年更正式得到公文確認（其時已由柏立基爵士繼任總督），香港自此名正言順得到財政自主權，倫敦甚至戲稱香港為「香港民國」。

故事至此，雖則香港經濟確係獨立於本國，但既然當時左傾成風，何以獨香港得以避過呢？

一九六一年，郭伯律爵士升任財政司，隨即大幅推動在此之前多為紙上談兵之自由主義經濟（任財政司前，郭氏亦有推動自由經濟政策，但規模較小）。雖然四〇年代早已有海耶克等經濟學家提倡市場經濟模式，但因應全球左傾情況（分別為較輕微之社會主義、集體主義或較嚴重之共產主義），上述理論基本無人問津。直至信奉自由經濟、亞當史密哲學之郭氏掌管香港財政，亦有賴葛督以職相搏而確立之財政自主權，香港成為戰後世界首個及當時世界唯一一個完全以自由經濟模式運行之獨立經濟體。

今日回顧香港，不論派別，人皆稱譽麥理浩時代，當時其中一個重要政策，即為夏鼎基爵士提出之積極不干預經濟理念，而此種避免干預市場理念，正是繼承自郭氏經濟政策。香港之所以繁榮自由，甚至成為經濟學家海耶克及佛利民之教學實例、首相戴卓爾夫人之施政參考。香港何以建立自由經濟體系？其歸根究底就是葛督於五〇年代以職相搏，令倫敦屈服，香港自主，因此，現代起始香港並非二戰終戰香港重光，亦非成立廉攻公署，而係位於兩者之間時間，確立香港財政自主權，使其不受倫敦左傾思潮干預之年－一九五八年。

港史廿五大事

戰前至終戰

1839：水上人參與英清貿易戰爭（協助英軍）

1841：香港開埠

1857：毒麪包案確立法治

1859：皇家書局則例開創官立教育

1860：九龍半島併入香港

1881：非歐裔（華裔）入籍法令准予華人歸化

1883：潔淨局成立

1874：香港大鼠疫爆發

1898：九龍大陸（即新界）併入香港

1911：香港大學成立

1922：首條勞工法例訂定
1923：家庭女役則例（廢奴條例）通過
1924：香港參與帝國展覽會
1941：香港保衛戰爆發
1945：香港重光

戰後

1947：楊慕琦計劃頒布
1952：寮屋徙置計劃初步定案
1954：香港－遠東柏林演說重中香港對自由世界之重要
1958：香港財政自主權確立
1965：免費教育計劃初步定案
1967：共產主義暴動爆發

1971：麥理浩時代開始

1984：民選香港首長計劃提出

1984：中英聯合聲明簽署

1992：香港政制民主改革（九五政改）開始

香港六七前社會概況

房屋政策

1948-52：試建公共屋邨
1952：準備徙置木屋區居民
1953：石硤尾大火
1953：簡化樓宇設計，開始大規模徙置計劃
1954：首個衛星城市計劃（觀塘）
1958：開始建造廉租屋邨
1961：第二個衛星城市計劃（荃灣，新界首個）
1962：政府廉租屋計劃

教育普及

1946：重建因戰爭損毀學校
1950：十年建校計劃
1951：菲莎報告書－資助私立學校、增建政府學校、增設工業學校及師範學院
1954：小學擴展七年計劃
1963：馬殊森遜報告書－擬定資助則例及增加學額
1963：成立香港中文大學
1965：教育政策白皮書－準備推行免費教育

勞工保障

1922：兒童工業僱傭條條例（東亞首例）

1927：工廠條例
1929：婦女、青年及兒童工業僱傭修訂條例
1932：工廠及工場條例
1938：委派勞工事務主任處理勞資事務
1946：工處成立並修訂戰前原有勞工法例
1948：社會福利署成立
1953：勞工賠償法例

參考資料

英文 / 漢文（港澳）

1. Bennett, T. (2013). History of Photographers 1844-1879. UK:Quaritch
2. Bond, M. H. (1993). Between the yin and the yang: The identity of the Hong Kong Chinese. Hong Kong:Chinese University of Hong Kong.
3. Brewer, M. B. (1999). Multiple identities and identity transition: Implications for Hong Kong. International Journal of Intercultural Relations, 23(2), 187-197.
4. Callick, R. (2014, October 11). Declassified secret file shines a light on China's true intentions. The Australian.

5. Chee-Cheong, C. (1999). Public examinations in Hong Kong. Assessment in Education: Principles, Policy & Practice, 6(3), 405-417.
6. Chi-Kwan, M. (2004). Hong Kong and the Cold War: Anglo-American Relations, 1949–1957. UK: Clarendon Press.
7. Clendinning, A. (n.d.). On The British Empire Exhibition, 1924-25. Retrieved from http://www.branchcollective.org/?ps_articles=anne-clendinning-on-the-british-empire-exhibition-1924-25
8. Clendinning, A. (2006). Exhibiting a Nation: Canada at the British Empire Exhibition, 1924-1925. Histoire sociale/Social History, 39(77).
9. Colley, L. (1992). Britishness and otherness: an argument. The Journal of British Studies, 31(04), 309-329.

10. Constantine, S. (2006). Monarchy and constructing identity in 'British'Gibraltar, c. 1800 to the present. The Journal of Imperial and Commonwealth History, 34(1), 23-44.
11. Dickson, P., & Cumming, A. (Eds.). (1996). Hong Kong Language Policy. National profiles of language education in 25 countries: overview of phase 1 of the IEA language education study. UK:National Foundation for Educational Research.
12. Dodds, K., & Pinkerton, A. (2013). The Falkland Islands referendum 2013. Polar Record, 49(04), 413-416.
13. Ellis, H. (1818). Journal of the Proceedings of the Late Embassy to China. UK:A. Small.
14. Fukuyama, F. (1995). Confucianism and democracy.

Journal of Democracy, 6(2), 20-33.
15. Grantham, A. (1965). Via Ports: From Hong Kong to Hong Kong. Hong Kong:Hong Kong University Press.
16. Gwartney, J., & Lawson, R. (2006). Dedication to Sir John Cowperthwaite in Economic freedom of the world. Annual report, Fraser Institute.
17. Hacker, A. (1997). The Hong Kong Visitors Book: A Historical Who's Who. Hong Kong:The Guidebook Company Limited
18. Hampton, M. (2012). Projecting Britishness to Hong Kong: the British Council and Hong Kong House, nineteen - fifties to nineteen - seventies. Historical Research, 85(230), 691-709.

19. Hampton, M. (2012). British legal culture and colonial governance: the attack on corruption in Hong Kong, 1968–1974. Britain and the World, 5(2), 223-239.

20. Hampton, M. (2015). Hong Kong and British Culture, 1945-97. UK:Manchester University Press.

21. HM Government. (1981). Britain's Associated States and Dependencies. UK:HMSO.

22. Hampton, M., & Fichter, J. R. (2012). The cultural British world: Asia in the nineteenth and twentieth centuries. Britain and the World, 5(2), 175-182.

23. HKUPOP. (2015). Ethnic Identity of Hong Kong Citizens. Hong Kong: University of Hong Kong.

24. Hong Kong Military Service Corps. (1997). Hong Kong Military Service Corps and Dragon Journal

Commemorative Issue. Hong Kong:Hong Kong Military Service Corps.

25. Hong Kong Military Service Corps. (1996). Hong Kong Military Service Corps 1962-1997 Commemorative Issue. Hong Kong:Vinaconsult (Hong Kong) Limited.

26. Hu, S. (1997). Confucianism and western democracy. Journal of Contemporary China, 6(15), 347-363.

27. Ingrams, H. (1952). Hong Kong. UK: HMs Stationery Office.

28. Keung, K. T., & Wordie, J. (1996). Ruins of war: a guide to Hong Kong's battlefields and wartime sites. Hong Kong:Joint Pub.(HK) Co..

29. Lew, W. J. F. (1998). Understanding the Chinese personality: parenting, schooling, values, morality, relations, and personality. US: Edwin Mellen Press.
30. Longines Chronoscope. (1954). Interview with Sir Alexander Grantham. Retrieved from https://www.youtube.com/watch?v=EzBTz-Y30M
31. Mail, A. (1937, December 31). Hong Kong "Gibraltar of Far East". The West Australian, p. 17.
32. May, T. (2010). Great Exhibitions. UK: Shire Publications.
33. Mizuoka, F. (2014). Contriving 'laissez-faire': Conceptualising the British colonial rule of Hong Kong. City, Culture and Society, 5(1), 23-32.
34. Ng, S. H. (2007). Biculturalism in Multicultural Hong Kong. Journal of Psychology in Chinese Societies, 8(2).

35. Ng, S. H., & Lai, J. C. (2010). Bicultural self, multiple social identities, and dual patriotisms among ethnic Chinese in Hong Kong. Journal of cross-cultural psychology.

36. Ng, S. H., Han, S., Mao, L., & Lai, J. C. (2010). Dynamic bicultural brains: fMRI study of their flexible neural representation of self and significant others in response to culture primes. Asian Journal of Social Psychology, 13(2), 83-91.

37. Ng, S. H., Han, S., Mao, L., & Lai, J. C. (2010). Dynamic bicultural brains: fMRI study of their flexible neural representation of self and significant others in response to culture primes. Asian Journal of Social Psychology, 13(2), 83-91.

38. Ng, S. H., & Lai, J. C. (2011). Bicultural self, multiple social identities, and dual patriotisms among ethnic Chinese in Hong Kong. Journal of cross-cultural psychology, 42(1), 89-103.
39. Owen, E.P., Owen, N.C., & Tingay, F.J.F. (1973). Public Affairs for Hong Kong. Hong Kong:Oxford University Press.
40. Parker, J. (2005). The Gurkhas: The Inside Story of the World's Most Feared Soldiers. UK: Headline Book Publishing.
41. Peckham, R. (2015). Disease and Crime: A History of Social Pathologies and the New Politics of Health. UK: Routledge.
42. Sayer, G. R. (1975). Hong Kong 1862-1919: Years of

Discretion. Hong Kong: Hong Kong University Press.
43. Sebestyen, V. (2014). 1946: The Making of the Modern World. US:Pantheon Books.
44. Tsang, S. (2004). A Modern History of Hong Kong. Hong Kong:Hong Kong University Press.
45. Whitfield, A. (2001). Hong Kong, Empire and the Anglo-American Alliance at War, 1941-45. Hong Kong:Hong Kong University Press.
46. Wickman, M. (1975). Living in Hong Kong. Hong Kong: Amcham Publications Hong Kong Limited.
47. Zou, Y. (2012). The British Empire Exhibition at Wembley and British Imperial Identity in the South China Morning Post. In Matthews, J., Islands and Britishness: A Global Perspective. UK:Cambridge Scholars Publishing.

48. 區志堅，彭淑敏，& 蔡思行 . (2011). 改變香港歷史的六十篇文獻 . 香港：中華書局（香港）出版有限公司 .

49. 陳志輝 . (2017). 戰艦尋蹤海軍在香港 . 香港：中華書局 .

50. 陳惠芬 . (2009). 香港國共、英美 1949-59 - 歷史與文獻 . 香港：了然叢書 .

51. 張俊義 . (2010). 20 世紀初粵港政局之互動 . 於陳明銶，饒美蛟，嶺南近代史論：廣東與粵港關係 (1900-1938). 香港：商務印書館 .

52. 趙雨樂，鍾寶賢，& 李澤恩 . (2017). 香港要覽（外三種）. 香港：三聯書店（香港）有限公司 .

53. 鄭宇碩 . (2017). 探討本土主義 . 香港：香港城市大學 .

54. 鄭宏泰，& 高皓 . (2016). 白手興家： 香港家族與社會 1841-1941. 香港：中華書局（香港）有限公司

55. 鄭宏泰，& 黃紹倫 . (2011). 何家女子——三代婦女傳奇 . 香港：三聯書店（香港）有限公司 .

56. 霍啟昌 . (2011). 港澳檔案中的辛亥革命 . 香港 : 商務印書館（香港）有限公司 .
57. 方曉盈 . (2014, 1 月 7 號). 中英談判解密教育篇 . 明報 .
58. 香港政府 . (1994). 香港代議政制白皮書 . 香港 : 香港政府印務局 .
59. 香港前途研究計劃 . (2017). 英國解密檔案 . 香港 : 香港前途研究計劃 .
60. 何錦源 .（2014, 1 月 4 號）. 中英談判解密政制篇（選舉）. 明報 .
61. 錦潤 . (1983). 港督列傳 . 香港 : 博益出版集團有限公司 .
62. 高馬可 . (2013). 香港簡史——從殖民地至特別行政區 . 香港 : 中華書局 (香港) 有限公司 .
63. 鄺健銘 . (2015). 港英時代 - 英國殖民管治術 . 香港 : 天窗出版社 .
64. 鄺健銘 . (2016). 雙城對倒—新加坡模式與香港未來 . 香港 : 天窗出版社 .

65. 鄺智文 . (2014). 老兵不死：香港華籍英兵（1857-1997）. 香港：三聯書店（香港）有限公司 .

66. 建煒 . (2017). 澳門「一二三」事件圖解及歷史資料匯編（未有印刷出版）.

67. 林友蘭 . (1978). 香港史話 . 香港：香港上海印書館 .

68. 黎明釗 , & 林淑娟 . (2013). 漢越和集：漢唐嶺南文化與生活 . 香港：三聯書店（香港）有限公司 .

69. 黎若嵐 . (2008). Filhos da Terra（澳 · 土 · Sons of the Land). 取自 https：//www.youtube.com/watch?v=wI9osSzbnvA

70. 劉兆佳 . (1988). 香港的政制改革與政治發展 . 香港：廣角鏡出版社 .

71. 劉小清 , & 劉曉滇 . (1999). 香港野史 . 香港：三聯書店（香港）有限公司 .

72. 劉潤和 . (2002). 香港市議會史 (1883-1999). 香港：香港歷史博

物館．
73. 羅香林．(1955). 百越源流與文化．香港：中華叢書委員會．
74. 羅香林．(1961). 香港與中西文化之交流．香港：中國學社．
75. 羅香林．(1971). 國父在香港之歷史遺蹟．香港：珠海書院出版委員會．
76. 李彭廣．(2012). 管治香港－英國解密檔案的啟示．香港：牛津大學出版社．
77. 李培德．(2015). 香港和日本—亞洲城市現代化的相互影響，1841至1947年．國史研究通訊第七期，頁131-147.
78. 李信佳．(2016). 港式西洋風－六十年代香港樂隊潮流．香港：中華書局（香港）有限公司．
79. 李孝智．(2001). 澳門「一二三事件」的口述與葡萄牙的殖民統治（碩士論文，香港浸會大學，香港）．取自 http: //repository.hkbu.edu.hk/etd_ra/314/

80. 麥少菁 . (2014, 1 月 6 號). 中英談判解密社會篇 . 明報 .
81. 文希 . (1993). 彭定康這個人 . 香港：明窗出版社 .
82. 莫稚 . (1998). 廣東史前考古舉要 . 香港考古學會會刊第十四期 (1993-1997). 香港：香港考古學會 .
83. 莫世祥 . (2011). 中山革命在香港 (1895-1925). 香港：三聯書店
84. 施其樂 . (1999). 歷史的覺醒 - 香港社會史論 . 香港：香港商務印書館 .
85. 蕭國健 . (2013). 簡明香港近代史 . 香港：三聯書店（香港）有限公司 .
86. 丁新豹 , & 盧淑櫻 . (2014). 非我族裔：戰前香港的外籍族群 . 香港：三聯書店（香港）有限公司 .
87. 徐承恩 . (2015). 鬱躁的城邦：香港民族源流史 . 香港：紅出版 .
88. 王宏志 . (2005). 南來文化人：「王韜模式」. 二十一世紀雙月刊第九十一期 .

89. 楊國雄．(2014). 舊書刊中的香港身世．香港：三聯書店（香港）有限公司．
90. 元邦建．(1997). 香港史略．香港：中流出版社有限公司．

非英文 / 非漢文（港澳）

91. 水岡不二雄．(1981). 薛鳳旋：香港的小型工業．経済地理学年報，27(3-4), p.216-220.
92. 顾铁符（顧鐵符）. (1984). 楚国民族述略．中国：湖北人民出版社．
93. 徐杰舜．(1990). 越民族风俗述略．浙江学刊（双月刊）第六十五期．
94. 李后（李後）. (1997). 百年屈辱史的终结：香港問題始末．中国：中央文献出版社．
95. 严家岳（嚴家岳）. (1997). 香港文化现象的分析与展望．广东民族学院学报（社会科学版）, 2, 页 62-66.
96. 水岡不二雄 . (2001). 植民地統治下における香港中国人の教育：「組織された競争」による，英国人支配の政党化と工業労働者の生産 . 一橋大学研究年報 , 社会学研究 , 39, p.99-161.
97. 支运亭（支運亭）. (2002). 八旗制度与满族文化 . 中国：辽宁民族出版社 .
98. 苏桂宁（蘇桂寧）. (2004). 宜家女形象：澳门土生族群诞生的母系符号 . 东南亚研究 , (6), 78-81.
99. 朱建君 . (2010). 殖民地经历与中国近代民族主义：德占青岛 1897-1914. 中国：人民出版社 .
100. 陳堅銘 . (2015). 國共在澳門的競逐—以「一二・三事件」(1966-67) 為中心 . 台灣國際研究季刊第十一卷、第四期冬季號，頁 153-177.

版權頁

書名：敬安再會一九九七
作者：李志烺
編輯：可昭
出版：紅出版（青森文化）
地址：香港灣仔道 133 號卓凌中心 11 樓
出版計劃查詢電話：(852) 2540 7517
電郵：editor@red-publish.com
網址：http://www.red-publish.com
出版日期：2018 年 1 月
圖書分類：歷史
ISBN：978-988-8490-38-7
定價：港幣 126 元正

【移民。臣民。國民】

一八四一年 一九九七年

香港